"Je ne savais pas que vous aimiez les petites filles!"

"Vous vous trompez tout à fait," répliqua Vane. "Nous sommes amis, rien de plus. J'aide simplement Liz à reprendre goût à la vie normale."

"Le croyez-vous vraiment? Si c'est le cas, vous êtes encore plus fou que je ne croyais…Je vous en prie, laissez la pauvre Liz tranquille!"

Le regard de Vane se fit dur; il ne put s'empêcher de laisser voir son agacement. "Préféreriez-vous que je porte mon attention sur vous? Cela vous rendrait-il plus aimable?"

Debra le dévisagea, hors d'elle. "Cela me révolterait," parvint-elle à articuler.

Vane fit un pas vers elle, les sourcils soudain froncés. "Vous parlez bien, ma petite Debra, mais j'ai une furieuse envie de vous prouver que vous mentez…"

TOUTES LES LUMIERES DE HONG KONG

Margaret Mayo

PARIS · MONTREAL · NEW YORK · TORONTO

ISBN 0-373-49353-3

Dépôt légal 3ᵉ trimestre 1983
Bibliothèque nationale du Québec et Bibliothèque nationale
du Canada.

Imprimé au Québec, Canada—Printed in Canada

1

Vane Oliver était encore plus impressionnant qu'on ne l'avait dit à Debra. Assis derrière son bureau, il l'observait. L'homme était gigantesque, avait les épaules étonnamment larges et les yeux mi-clos. Ce regard voilé lui donnait une attitude énigmatique qui mettait la jeune fille mal à l'aise.

Elle avait la désagréable impression qu'il prenait mentalement sa mesure et elle se demandait si elle avait bien fait de répondre à sa convocation. Jusque-là, l'interview s'était bien passée, pourtant Debra avait de plus en plus de mal à détacher les yeux de la bouche de son vis-à-vis. Elle se secoua. Elle n'était pas là pour rêver mais pour trouver du travail.

— Je suis très impressionné par vos certificats, Miss Delaney. Vous semblez être exactement la personne que je cherche. Dites-moi, pourquoi ne voulez-vous plus rester indépendante ?

Debra haussa légèrement les épaules et le fixa de ses yeux bruns candides.

— Je désire une position plus permanente, plus sûre. C'est aussi simple que ça.

Il acquiesça de la tête, pensif.

— Connaissez-vous mes créations, mon style ? Pensez-vous être en mesure d'adapter votre personnalité à mon image de marque ?

Debra le regarda, surprise, croyant qu'il se moquait, mais elle ne put rien lire sur son visage.

— Toute femme un peu au fait de la mode est capable de reconnaître vos modèles, monsieur Oliver. Le style en est si personnel, les broderies si recherchées...

Elle avait un peu espéré le flatter, mais il ne réagit pas, se contentant de secouer son abondante chevelure noire.

— Ces accessoires, sacs, gants, ceintures, je les veux aussi originaux que mes modèles. Pensez-vous y arriver, me sortir de bonnes idées?

— Bien sûr, monsieur! Si je ne m'en sentais pas capable, je n'aurais jamais osé me présenter devant vous.

Vane Oliver ne répondit pas tout de suite. Il avait levé ses épais sourcils qui se confondirent un instant avec la mèche rebelle sur son front.

— La confiance en soi est une vertu que j'apprécie beaucoup. Espérons qu'elle sera à la hauteur de vos résultats.

Debra se sentit soudain trembler.

— Voulez-vous dire que vous m'engagez?

La bouche aux lèvres bien dessinées esquissa un sourire, le premier depuis que la jeune fille était entrée dans le bureau.

— Disons que je vous prends à l'essai. Trois mois. Cela vous va-t-il?

— Oh, monsieur, c'est merveilleux, tout simplement merveilleux!

Debra n'arrivait pas à dissimuler son bonheur. Elle avait tant besoin de cet emploi! Surtout maintenant, avec Liz à sa charge. Etre engagée chez Vanoli était plus qu'elle n'avait osé espérer.

Les yeux brillants, elle se leva, mince et vibrante, pleine d'énergie.

— Quand dois-je commencer?

Son nouvel employeur semblait s'amuser beaucoup de cet enthousiasme. Debra essaya de se calmer, de reprendre une attitude de jeune femme d'affaires.

— Vous pouvez commencer lundi. Soyez ici à neuf heures précises. Je ne peux supporter les gens en retard.

— J'y serai, monsieur, merci beaucoup. Je ferai de mon mieux pour ne pas vous décevoir.

Au moment où Debra s'apprêtait à sortir, il la retint.

— Au fait, ma secrétaire va vous faire remplir un questionnaire, simple formalité. C'est pour notre comptabilité.

... Debra était folle de joie. Il fallait qu'elle en parle, qu'elle partage son plaisir. A peine arrivée chez elle, elle se précipita sur Liz pour lui annoncer la bonne nouvelle.

— Il est merveilleusement séduisant ! Mais rien à craindre pour moi ; il cherche sûrement des femmes plus sophistiquées...

Liz avait dix-sept ans et allait encore à l'école. Elle essaya en vain de paraître enthousiaste.

— Je suis bien contente pour toi, murmura-t-elle. J'espère que tout marchera comme tu le désires. Maintenant, si tu n'as pas besoin de moi, je vais aller travailler dans ma chambre.

Debra la laissa partir. Elle savait qu'il s'agissait d'une excuse. Liz voulait être seule. C'était comme ça depuis la mort de ses parents, le mois précédent.

Les deux jeunes filles étaient devenues amies à Hong Kong où leurs pères travaillaient dans le même hôpital. A leur retour à Londres, on avait offert un poste important au père de Debra, mais aux Etats-Unis. La jeune fille, qui voulait suivre les cours du Royal College of Arts, avait absolument refusé de le suivre. C'est ainsi qu'elle était allée habiter chez les parents de Liz, devenant une véritable sœur pour elle, une seconde fille pour les Freeman.

Après l'accident de voiture fatal, Debra s'était juré de

s'occuper de Liz, d'essayer de lui rendre un peu de cette affection que lui avaient prodiguée les chers disparus.

Ce nouveau travail allait leur permettre de rester dans la maison, d'être indépendantes financièrement. Liz ne touchait qu'une toute petite pension ; elle hériterait de la fortune de son père à vingt et un ans. En attendant, Debra les faisait vivre toutes deux.

La jeune fille soupira. Elle comprenait le chagrin de sa jeune amie ; elle savait que Liz s'en remettrait un jour, mais la voir ainsi souffrir lui faisait mal.

Le lendemain, un samedi, Debra eut la surprise de recevoir un coup de téléphone l'informant que M. Oliver désirait la voir de nouveau.

Debra se sentit pâlir. Cela voulait-il dire qu'il avait changé d'avis ? Se souvenant de sa passion pour la ponctualité, elle se jeta sur un peigne, se maquilla à la diable et se précipita vers ce nouveau rendez-vous. La maison Vanoli n'était pas loin, elle y fut en un temps record.

Le formulaire qu'elle avait rempli la veille était posé sur le bureau, et Vane Oliver la regarda entrer, une lueur d'intérêt dans le regard.

Que se passait-il ? On lui avait dit que ce papier était sans importance. Pourquoi se trouvait-il là ? Et cet homme qui ne disait rien !

— Quelque chose ne va pas, monsieur ? finit-elle par demander, incapable de supporter plus longtemps ce silence.

— C'est ce formulaire, lui dit-il en l'agitant dans les airs. Vous me surprenez beaucoup, Miss Delaney. Vous êtes une personne aux multiples talents.

— Vraiment ? répondit-elle prudemment.

Debra ne voyait toujours pas où il voulait en venir. Oliver reposa la feuille et souligna une phrase d'un geste de la main.

— C'est ça qui m'a surpris.

Debra se pencha. Il s'agissait de la question : « langues parlées », à laquelle elle avait répondu : chinois.

— Je ne comprends toujours pas, murmura-t-elle. J'ai vécu longtemps à Hong Kong dans mon enfance. J'espère que vous n'avez rien contre les gens qui parlent ce langage. Après tout, ce n'est pas un crime.

— Du calme, jeune fille !

Ses yeux gris ne la quittaient plus, et Debra se sentit rapetisser sous ce regard d'acier. Pourvu qu'elle n'ait pas tout gâché en se montrant impertinente !

— Je suis désolée, monsieur, je ne voulais pas vous offenser, mais je ne vois vraiment pas ce que ma connaissance du chinois a à voir avec mon travail. Si je l'ai encore...

Il s'était levé si brusquement qu'elle en sursauta. Il la dominait de toute sa taille, qui était prodigieuse. Il devait mesurer au moins un mètre quatre-vingt-dix !

— J'ai beaucoup mieux à vous offrir.

Ses yeux légèrement plissés la fixaient comme s'il avait voulu lire en elle. Debra n'en menait pas large. Pourquoi ne venait-il pas au fait ? Cette attention la rongeait. De plus, cet homme, bien qu'elle ne veuille pas se l'avouer, l'impressionnait plus qu'il n'était raisonnable. Elle se leva à son tour.

— De quoi s'agit-il ? demanda-t-elle d'une voix mal assurée.

Il était là, massif, un sourire énigmatique sur le visage, silencieux, semblant profiter intensément de ce moment. Ce mutisme finit par énerver la jeune fille.

— Je suis styliste, monsieur. Je dessine des accessoires. Je ne veux pas d'un autre emploi.

— Je souhaite que vous partiez pour Hong Kong.

— Comment ?

— Vous m'avez parfaitement entendu.

— Mais pourquoi ? Je ne peux pas... Je veux dire... Que voulez-vous que je fasse là-bas ?

Posant la main sur son épaule, il la poussa dans le fauteuil qu'elle venait de quitter.

— J'y ai une succursale, et il y a des mois que je cherche quelqu'un comme vous. Vous êtes exactement celle qu'il me faut. Vous connaissez l'endroit, la langue, la mentalité des gens. Je…

Debra se releva, furieuse.

— C'est impossible, monsieur. Si j'avais voulu un emploi à Hong Kong, je n'aurais pas répondu à votre annonce. De plus, je n'aime pas qu'on organise ma vie sans me consulter !

Ils s'affrontaient du regard, chacun essayant de faire baisser les yeux à l'autre.

— Enfin, Miss Delaney, Hong Kong, cela ne vous plaît pas ?

— Non ! C'est hors de question.

— Pourquoi ? tonna-t-il soudain. D'après votre fiche, vos parents vivent à San Francisco. Il n'y a donc rien qui vous retienne ici. Je suis prêt à vous offrir un salaire plus que généreux, nous vous fournirons également un appartement.

— Ce n'est pas possible. J'ai des engagements. Je ne peux quitter Londres. Inutile d'en parler plus longtemps.

— Quels engagements ?

— Personnels.

De quoi se mêlait-il, à la fin !

Il grimaça, furieux à son tour.

— Un petit ami ?

Debra secoua la tête.

— Alors, qu'est-ce ? Je pensais que vous sauteriez sur l'occasion. On ne trouve pas tous les jours de tels emplois !

Debra était obligée d'admettre que l'offre était tentante. Elle adorait Hong Kong et rêvait d'y retourner un jour. Mais que faire de Liz ? Elle ne pouvait tout de même pas l'abandonner. Si cette proposition exceptionnelle était arrivée avant l'accident, elle n'aurait pas hésité un instant ; maintenant, c'était devenu impossible.

— Puisque vous insistez, lui dit-elle presque sauvagement, sachez que je m'occupe d'une jeune fille que je connais depuis toujours. Ses parents viennent de mourir, et elle n'a que moi au monde. Je ne peux la laisser actuellement.

— Quel âge a-t-elle ? grommela-t-il.

— Dix-sept ans.

— Elle est bien assez grande pour s'occuper d'elle-même ! Je pensais que vous parliez d'un bébé.

— C'est encore une enfant. Elle va toujours à l'école. Il faut être inhumain pour penser qu'elle pourrait se débrouiller seule !

— J'ai connu des filles qui étaient déjà mariées à cet âge.

— Pas Liz. Ses parents l'ont trop protégée, elle n'est pas mûre. C'est une adolescente dans un corps de femme. Elle a besoin de moi.

— Et moi, j'ai besoin de vous. Cela n'a-t-il donc pas d'importance ?

Debra ne comprenait pas qu'il insiste à ce point.

— J'ai connu Liz toute ma vie, monsieur. Ses parents m'ont recueillie lorsque les miens sont partis aux Etats-Unis. M'occuper d'elle est le moins que je puisse faire.

— Dans un ou deux ans elle se trouvera un bon mari et vous laissera tomber sans scrupule ! Ne soyez pas trop sentimentale, Miss Delaney, cela ne paie pas toujours. Je pensais que vous aimiez votre métier ; me suis-je trompé ?

— Je suis loyale. Il est dommage que mes obligations aillent à l'encontre de votre offre.

— Je vous paierais beaucoup plus !

Le chiffre qu'il cita la laissa sans voix.

— C'est certainement plus que je ne vaux, monsieur, et je suis très flattée, mais il ne m'est pas possible d'accepter. Je dois refuser, même si cela signifie que je n'aurai pas l'emploi pour lequel nous nous étions mis d'accord.

Se levant, Debra se dirigea vers la porte.

— Au revoir, monsieur. Cette discussion ne nous mènera à rien. Je vous ai déjà fait perdre assez de temps.

Il fut sur le seuil bien avant elle, lui barrant le passage de sa masse importante. Vane Oliver était tenace et dur. Même Debra, qui le connaissait à peine, s'en rendait compte. Comment arriver à le convaincre ?

La jeune femme leva les yeux. Avec son mètre soixante elle ne lui arrivait pas à l'épaule. Surtout, il lui fallait rester calme, ne pas énerver ce géant qui la dominait pareillement.

— Je voudrais m'en aller, monsieur, dit-elle d'une voix douce, je crois que nous n'avons plus rien à nous dire.

Les yeux gris acier lancèrent un éclair.

— Vous ne savez pas qui je suis, Miss Delaney. J'obtiens toujours ce que je veux.

— C'est possible, répondit-elle sèchement en redressant le menton, un rien trop agressive, mais j'ai aussi du caractère. Je ne me laisse pas bousculer facilement.

Il sourit d'un coup, puis se mit à rire silencieusement.

— Nous verrons bien qui a le plus de volonté.

— Vous êtes trop sûr de vous, monsieur. Je me demande quel effet cela vous fera de perdre, pour une fois.

— Détrompez-vous, je ne perds jamais.

Il avait cessé de bloquer la porte et remplissait deux verres.

— Tenez, buvez, cela vous calmera.

Debra avait horreur de l'alcool, mais elle était si furieuse qu'elle lui arracha presque le verre des mains. Elle le but d'un trait et faillit s'étrangler. Le whisky lui brûlait la gorge. Pour ne pas perdre la face, la jeune fille essaya de faire croire à une toux soudaine mais n'y parvint pas.

— J'aimerais savoir, purement par curiosité, ce que vous désiriez que j'aille faire à Hong Kong. Non que j'aie l'intention d'accepter, mais juste pour être au courant.

Il eut un sourire triomphant. Pensait-il avoir gagné le combat ?

— C'est un travail très intéressant qui vous ferait rencontrer une foule de gens ; ceux, en fait, qui fabriquent pour moi. C'est là-bas que je fais réaliser mon bas de gamme, mais j'y ai besoin de quelqu'un qui parle la langue. Nous avons souvent des ennuis de fabrication, à cause d'erreurs d'interprétation. C'est ce poste que je comptais vous confier.

Debra sentit sa volonté faiblir. C'était un emploi qu'elle savait tout à fait dans ses cordes. Un instant, tout vacilla autour d'elle. Et si elle acceptait ? Revoir Hong Kong ! Non, il ne fallait pas rêver, il y avait Liz.

Oliver vit qu'elle hésitait ; il poursuivit immédiatement.

— Je ne vous demanderai pas d'abandonner la création pour autant, surtout avec votre talent. Mais je suis certain que nous pourrions combiner les deux occupations. Après tout, nous n'avons pas des ennuis tous les jours. Cela vous plairait-il ?

Debra ouvrait de grands yeux. Si cela lui plaisait ? Evidemment !

— Je vais être franche, monsieur, j'adorerais ce travail, surtout là-bas. Mais, comme je vous l'ai expliqué, c'est impossible.

— Il y a toujours moyen de surmonter un problème. Trouvez quelqu'un pour s'occuper de cette jeune fille. Je paierai au besoin.

— Avez-vous donc tellement besoin de moi ?

Une colère soudaine déforma le visage de l'homme.

— Je n'aime pas que mes plans soient chamboulés, cria-t-il presque. Que dois-je faire pour vous décider ?

— Rien. Absolument rien, monsieur. Vous perdez votre temps.

Il s'assit sur son bureau, le buste légèrement penché en arrière.

— Vous êtes plus butée que je ne le pensais. Savez-vous que vous êtes en train de rejeter une offre exceptionnelle ? La chance de votre vie. Et tout ça pour qui ? Pour une gamine qui ne vous en sera même pas reconnaissante.

Cet homme ne comprenait-il pas ? Comment pouvait-on être si dur ?

— Liz a suffisamment de problèmes en ce moment pour que j'y ajoute un départ à l'autre bout du monde.

Il perdait visiblement patience.

— Et bien, emmenez-la avec vous !

Il y eut un long silence. Debra n'était pas sûre d'avoir bien entendu.

— Qu'avez-vous à répondre à ça ? s'impatienta-t-il. M'avez-vous au moins compris ?

— Pourquoi ? se contenta-t-elle de demander.

— Parce que j'ai décidé que vous étiez celle qui conviendrait le mieux pour cet emploi.

— Et vous ne pouvez admettre mon refus, un échec.

— Je n'ai jamais encore échoué. Bon, tout est donc dit, vous partirez avec votre amie.

Debra se cabra.

— Je n'ai pas encore dit oui.

— Mais vous le direz. A-t-elle un passeport valide ?

Encore une fois, il prenait les décisions sans la consulter. La jeune fille faillit s'emporter de nouveau. Son regard, qui la transperçait, la mata soudain.

— Je crois, murmura-t-elle.

— Parfait, dit-il en la prenant par le coude et en l'accompagnant jusqu'à la porte. Tenez-vous prête à partir dès que possible.

Quelques secondes plus tard, Debra se retrouvait dans le couloir, se demandant si ce qui venait d'arriver était bien réel. Cette conversation l'avait laissée pantelante, incapable de savoir si elle devait se réjouir ou maudire sa faiblesse.

Elle était ravie de revoir Hong Kong, mais d'un autre côté, elle s'en voulait de ne pas avoir été plus ferme. Cet homme ne comprenait que cela.

Debra n'annonça pas tout de suite la nouvelle à Liz. Elle avait un peu peur de la réaction de son amie. Elle resta un long moment au salon, se posant mille questions, pleine d'espoir. Finalement, elle monta dans la chambre de Liz.

— Aimerais-tu revoir Hong Kong ? lui demanda-t-elle en souriant.

Pendant un instant, elle crut que l'adolescente allait bondir de joie, mais la lueur qu'elle avait cru entrevoir dans ses yeux s'était aussitôt éteinte.

— Non. Je veux rester ici.

— Voyons, Liz ! Cela te ferait tant de bien de voyager. Ici, il n'y a que des souvenirs pénibles. Là-bas…

— Des souvenirs de Papa et Maman ! cria son amie. C'est pour ça que je veux rester, pour ne jamais les oublier. Ce ne serait pas bien.

— Tu ne les oublieras jamais. Le souvenir deviendra moins pénible, mais ils seront toujours dans ton cœur. A Hong Kong, ils étaient heureux ; c'est à ces moments-là que tu dois penser.

Liz sembla fléchir, et Debra insista, profitant de l'avantage.

— C'est M. Oliver qui m'envoie là-bas. C'est lui qui a insisté pour que tu viennes. Tu ne trouves pas ça gentil ?

— Pourquoi moi ? Il ne me connaît même pas, il n'a aucune raison de me payer ce voyage. Que lui as-tu dit ?

Son visage presque enfantin avait rosi, elle passa une main nerveuse dans son épaisse chevelure blonde.

Debra comprenait sa douleur, mais elle était certaine que ce voyage lui ferait le plus grand bien.

— J'ai seulement dit que je ne pouvais me déplacer. Il m'a pressé de questions, et je lui ai parlé de toi. C'est un homme bon, mentit-elle. Il a immédiatement proposé que tu viennes. Tout sera aux frais de Vanoli, même notre séjour là-bas. C'est la chance de notre vie. Dis-moi que tu veux bien venir...

— Cet homme a dû fortement t'impressionner pour que tu insistes tant. Es-tu déjà amoureuse de lui ? Que vais-je devenir, une fois là-bas ? Et s'il t'épouse ? Avez-vous aussi décidé de m'adopter ?

Jamais Debra n'avait vu son amie aussi amère.

— Voyons, Liz. Tu sais bien qu'il ne s'agit que de ma carrière et de la chance inouïe de revoir une ville que nous aimons et où nous avons grandi heureuses.

— Eh bien, moi, je n'y vais pas !

Liz hurlait, maintenant, horriblement agitée.

— Si je partais, ce serait un peu comme si j'abandonnais Maman et Papa. On ne peut fuir ses souvenirs.

Debra décida de ne plus insister. Liz, à un moment ou à un autre, se laisserait convaincre.

Malheureusement, le week-end passa sans qu'elle changeât d'avis. Elle resta la plupart du temps enfermée dans sa chambre à pleurer. Debra, folle d'inquiétude, essaya par tous les moyens de la calmer, sans y parvenir. Elle n'osa plus lui parler du voyage, et le lundi matin arriva sans qu'une décision ait été arrêtée. Il ne restait plus qu'une chose à faire : prévenir M. Oliver qu'elle ne pouvait partir.

A neuf heures, elle était devant la porte de son bureau, le cœur battant mais pas trop inquiète. Une minute plus tard, elle regrettait d'être venue.

— Comment ? Maintenant que tout est arrangé ? Vous ne pouvez plus reculer, j'ai déjà vos billets.

Ses yeux lançaient des éclairs, il n'arrivait pas à contenir sa rage.

— Pourquoi ne pas avoir attendu ? Comment saviez-vous que Liz accepterait ? Je l'ignorais moi-même.

Cet homme ne pensait-il jamais aux autres ? Debra commença à moins regretter de ne plus partir. Pendant ce temps, Vane Oliver semblait s'être un peu calmé.

— Comment pouvais-je imaginer que cette gamine bouleverserait mes plans ? se plaignit-il. Je n'ai pas l'habitude qu'on discute mes ordres.

Debra faillit répondre que cela se voyait, mais elle n'osa. Il lui fallait défendre son emploi à Londres, si toutefois c'était encore possible.

— J'ai fait tout ce que j'ai pu, mais Liz a été inflexible.

— Je pensais que vous aviez plus d'autorité sur elle, jeta-t-il sauvagement. Vous auriez dû montrer plus d'habileté. Essayez encore.

Mon Dieu, qu'il était agaçant ! Ne devinait-il pas que Liz souffrait ?

— Cela n'arrangerait rien, monsieur. Liz est gravement traumatisée. Elle a perdu toute sa famille. Ne pouvez-vous comprendre ?

— Justement ! Il faut qu'elle voyage, qu'elle se change les idées. Obligez-la à vous obéir. Ma parole, on dirait que vous avez peur d'elle.

— Non, mais je l'aime trop pour la bousculer. Je ne veux pas la forcer à agir contre son gré.

— Je ne vous suis pas, Miss Delaney. Vous avez vingt-deux ans, vous êtes ambitieuse, intelligente, vous voulez faire une carrière, et vous vous laissez mener par le bout du nez, comme une enfant.

Il s'était levé et se tenait devant elle, la dominant de toute sa taille. Debra s'en trouva diminuée et énervée à la fois. Elle recula d'un pas, essayant d'échapper à cette force indomptable qu'elle sentait frémir, à cette volonté qui voulait la briser.

— Il n'y a rien à faire, murmura-t-elle d'une voix

cependant ferme. Je dois être loyale envers Liz. Vous trouverez certainement quelqu'un pour me remplacer.

— C'est vous que je veux ! déclara-t-il carrément. Je suis décidé à vous avoir et ne changerai pas d'avis.

Il la dévisageait maintenant bien en face, et, sous ce regard qui la fascinait, Debra sentit ses jambes se dérober. Ce qu'il venait de dire avait deux sens et il avait un peu appuyé sur le sous-entendu. Ou bien l'avait-elle imaginé ? La jeune femme soutint aussi longtemps qu'elle le put l'éclat de ces yeux gris argent qui la détaillaient impitoyablement, puis elle baissa la tête.

— Je pense que si je ne vais pas à Hong Kong, je ne travaillerais pas non plus pour vous à Londres.

— C'est exact. Bien que je sache parfaitement que je ne retrouverai jamais une styliste parlant le chinois, il y aurait trop d'antagonisme entre nous. Nos relations de travail en souffriraient.

— Dans ce cas, dit-elle en haussant les épaules d'un geste d'impuissance, nous n'avons plus rien à nous dire. Adieu, monsieur Oliver.

Elle lui tendit la main bravement en essayant de cacher sa déception. Mais il l'ignora superbement.

— Adieu est un bien grand mot, Miss Delaney. J'ai le sentiment que nous nous reverrons.

C'était possible, après tout. Comme ils travaillaient dans la même branche, leurs chemins se croiseraient peut-être un jour. Debra eut cependant l'impression que ces paroles étaient chargées d'un tout autre sens.

... Elle rentra très tard. D'habitude, elle s'arrangeait toujours pour être là lorsque Liz revenait de l'école, mais ce jour-là elle n'en avait pas eu le courage.

Au fond d'elle-même, et à sa grande honte, la jeune femme en voulait à son amie. Ce n'était pas sa faute, Debra le savait bien ; elle aurait très bien pu partir sans elle, mais elle ne pouvait s'empêcher de mettre à son compte l'échec de ce beau voyage. Aussi, quand elle vit

Liz, les yeux brillants, tout sourire, fut-elle passablement étonnée. Que lui était-il donc arrivé pour qu'elle change si soudainement ?

— J'ai eu un visiteur ! s'écria Liz. Tu ne devineras jamais qui c'était.

Debra eut un geste d'ignorance.

— Je n'en ai pas la moindre idée. Ne vas-tu pas me le dire ?

Liz dansait autour de la pièce, ses yeux bleus luisant de plaisir. Il y avait bien longtemps que Debra ne l'avait vue ainsi. Liz s'arrêta soudain et prit une pose dramatique.

— M. Oliver, annonça-t-elle d'un air important.

Il fallut presque une minute à Debra pour réaliser ce que sa jeune amie venait de dire.

— Vane Oliver ? Que voulait-il ?

Avant que Liz ait parlé, elle avait deviné.

— Il est venu spécialement pour me voir. Je comprends pourquoi tu désirais tant travailler avec lui. Il est splendide ! Le plus beau garçon que j'aie jamais vu. Près de lui on se sent tellement... différente.

Debra ne connaissait que trop l'effet que cet homme pouvait produire ; mais Liz ! Elle était si jeune, si inexpérimentée. La pensée de cet homme seul avec l'adolescente lui fit froid dans le dos.

— Tu ne m'as toujours pas dit ce qu'il désirait.

Liz s'essaya à un sourire mystérieux.

— Il voulait me persuader d'aller à Hong Kong.

Ainsi, il n'avait pas abandonné son projet insensé. Cela expliquait ses derniers mots.

— Et qu'as-tu répondu ?

— J'ai dit oui ! Si tu me l'avais mieux décrit, je n'aurais jamais refusé.

Liz avait des étoiles plein les yeux. Debra espéra qu'il n'avait pas fait de promesses extravagantes à son amie. Elle était si fragile...

— Dans ce cas, je suis heureuse qu'il soit venu. Je

tiens beaucoup à ce travail. J'étais très désappointée d'avoir à le refuser.

— C'est ce qu'il m'a dit.

— Qu'a-t-il dit encore ?

— Oh rien de bien important.

Liz semblait prendre un grand plaisir à ne rien dévoiler de cette entrevue. Elle rêvait debout, un peu comme si elle venait de rencontrer le Prince Charmant.

— Ne t'emballe pas trop, lui dit Debra. Il ne vient pas avec nous. Sa place est ici, à Londres. Il doit bien aller là-bas de temps à autre, mais moins je le verrai, mieux je me porterai.

Liz faillit parler, se retint à temps.

— Il m'a expliqué que ça ne servait à rien de rester ici, qu'un voyage me ferait du bien.

— C'est ce que je me suis tuée à te dire !

Liz n'avait même pas remarqué l'interruption.

— Il m'a dit qu'Hong Kong avait changé et que nous irions partout, que nous rencontrerions des gens passionnants. Comme c'est excitant !

Qu'avait-il bien pu lui faire miroiter ? Debra, un brin inquiète, décida sur-le-champ de veiller à ce que ce monsieur ne s'approche pas trop de Liz si, par hasard, il venait les voir à Hong Kong.

Le lendemain matin, Vane Oliver lui téléphona.

— Vous partez vendredi, lui annonça-t-il. Aurez-vous le temps d'être prêtes ?

— Nous nous débrouillerons. Il reste un problème. Que va-t-on dire à l'école de Liz ? Ils...

— C'est réglé, l'interrompit-il brusquement. J'ai vu sa directrice. Dès que Liz sera installée à Hong Kong, je lui trouverai un précepteur.

— Il semble que vous n'hésitiez pas à dépenser de l'argent pour obtenir ce que vous voulez. Je suis certaine que je ne mérite pas tant d'attention.

— Si c'est le cas, j'aurai fait une erreur monumentale, répondit-il en riant. Je passerai vous prendre à dix heures vendredi matin. Soyez prêtes.

Il avait raccroché avant qu'elle ne puisse placer un mot.

Debra eut soudain l'impression qu'elle venait de perdre une bataille. Qu'allait lui réserver l'avenir ? Une chose était certaine, ce serait un futur tranquille, loin de ce redoutable séducteur. Elle alla annoncer la bonne nouvelle à Liz qui la connaissait déjà. Sa directrice venait de la lui dire.

Debra soupira. Il était temps de s'éloigner de ce Vane Oliver qui faisait tourner la tête aux adolescentes.

2

Debra avait crié trop vite victoire. Le choc fut d'autant plus rude. Le vendredi, Vane Oliver vint les prendre pour les emmener à l'aéroport de Gatwick. Elle apprit alors qu'il partait avec elles.

Le voyant sortir des valises du coffre, elle eut soudain un soupçon.

— Venez-vous aussi ?

— Bien sûr, je pensais que vous étiez au courant.

Jetant un coup d'œil en direction de Liz, Debra la vit sourire d'un air entendu. La petite peste ! Elle le savait depuis le début et n'avait rien dit. Pourquoi ? Parce qu'elle voulait revoir Vane. Au courant de sa présence, Debra n'aurait certainement pas accepté ce voyage.

Il était trop tard maintenant pour reculer, mais la jeune femme se promit de surveiller étroitement Liz. Celle-ci, à mille lieues des sombres pensées de sa compagne, semblait folle de joie.

« Que c'est bon d'être jeune », pensa Debra. A dix-sept ans, on ne cherche pas à dissimuler ses pensées, ses désirs. Malgré la présence de son employeur qui la rendait furieuse, elle fut heureuse de voir son amie si joyeuse. Bientôt son chagrin s'estomperait, elle conserverait de ses parents un souvenir plus serein, aurait enfin une vraie vie de jeune fille. Ceci à condition que Vane Oliver reste à sa place ! Il ne fallait à aucun prix que Liz s'emballe. Debra devrait la surveiller sans cesse. Elle soupira. Pas un instant, elle ne s'était imaginé que le voyage démarrerait sous de tels auspices. Elle était certaine qu'Oliver ne s'embarquerait jamais dans une aventure avec une enfant, mais qu'allait-il se passer dans la tête de la petite ?

Dans l'avion, Vane s'assit entre elles et partagea à peu près équitablement son attention. Ce fut surtout Liz qui bavarda. Jamais Debra ne l'avait vue aussi heureuse, mais il semblait que ce bonheur venait plus de la présence de leur voisin que de la perspective de revoir Hong Kong.

Vane Oliver était très beau, trop séduisant. Pour quelqu'un d'aussi jeune que Liz, il devait représenter tout ce qu'on pouvait désirer d'un homme. A moins qu'il ne représentât l'image du père disparu. Mais à voir les mimiques de son amie, Debra n'eut pas l'impression que ce pouvait être le cas.

Fatiguée du babillage incessant de Liz et désireuse d'en savoir un peu plus sur ce qui l'attendait, Debra questionna Vane sur la succursale. C'était un sujet qui semblait lui tenir à cœur.

— Ce n'est pas vraiment une maison de couture, dans tout le sens du terme. A Hong Kong tout est sous-traité, alors qu'à Londres nous réalisons les modèles dans nos ateliers. Au début, j'étais content de cet arrangement, mais depuis quelque temps, nous avons des ennuis. On ne comprend pas toujours mes instructions. C'est là que vous intervenez. Il vous faudra visiter les ateliers extérieurs, vérifier qu'ils travaillent correctement, vous assurer que tout va bien. Votre connaissance de la langue vous sera d'un grand secours.

Cela semblait intéressant, mais Debra se demanda pourquoi il l'avait choisie. Il devait y avoir des gens capables sur place.

— Pourquoi ne pas prendre un Chinois ? Beaucoup

24

parlent un anglais parfait. Je suis certaine que tout ce serait très bien passé.

— Peut-être, mais ce n'est pas sûr. En fait, je n'avais jamais pensé à engager quelqu'un pour cela. C'est lorsque j'ai lu votre formulaire que l'idée m'est venue. Vous étiez exactement celle que nous cherchions, une jolie médiatrice, qui n'aura, je l'espère, aucune difficulté à remettre un peu d'ordre dans mes affaires.

Debra se sentit flattée. Pourtant, était-il vraiment sincère ? Elle lui jeta un coup d'œil en coin, mais ne sut rien lire sur son visage impénétrable.

Ensuite, ils sommeillèrent pendant presque tout le reste du voyage. Lorsque l'avion commença son approche de Hong Kong, cependant, Debra se sentit soudain follement excitée. Bien des choses avaient dû changer depuis son départ, mais de cette hauteur le paysage lui semblait terriblement familier.

L'immensité bleue de la mer commença à se remplir. Là-bas, c'était l'île de Hong Kong, puis Kowloon, la partie continentale de la ville, enfin on apercevait les Nouveaux Territoires et une foule d'îlots. Lorsqu'ils furent plus bas, la jeune fille distingua les milliers de sampans et de jonques qui formaient l'immense ville flottante, aussi importante que l'île.

Droit devant, elle vit soudain la piste de l'aéroport de Kai Tak, sur Kowloon, s'avançant dans Victoria Harbour, travail gigantesque, entièrement gagné sur la mer par l'apport de terre des collines, enserré entre les montagnes et les gratte-ciel. La jeune femme ferma les yeux ; cette plongée entre les immeubles l'avait toujours effrayée. Quand les roues touchèrent enfin le sol, elle osa regarder à nouveau.

On lui avait raconté, lorsqu'elle était encore enfant, que la meilleure façon d'arriver à Hong Kong était par bateau, au crépuscule, au moment où les lumières commençaient à s'allumer à terre et sur mer, où l'île elle-même semblait flotter sur la mer frémissante.

Debra se jura que si elle trouvait le temps, elle ferait la promenade pour contempler cette vision magique.

Le trio passa la douane rapidement et prit un taxi qui démarra aussitôt.

Hong Kong avait bien changé depuis que les deux jeunes filles l'avait quitté. La première surprise vint du tunnel qui passait sous le port et reliait directement Kowloon à la rive nord de l'île. Dans leur enfance, il fallait prendre le ferry, et à certaines heures cela demandait un temps fou.

Ils se retrouvèrent bientôt sur le front de mer bordé de gratte-ciel gigantesques. Une vague d'odeurs, toutes plus exotiques les unes que les autres, assaillit Debra. Senteurs et souvenirs, encens et épices ! C'était ça, Hong Kong, c'était là qu'elle avait vécu heureuse. Elle était enfin de retour.

Sans même leur donner le temps de voir le paysage, Vane Oliver fit s'arrêter le taxi devant une tour ultra moderne et les poussa dans l'ascenseur. Vanoli occupait entièrement le dernier étage de cet immeuble. Sur le palier, un vieux Chinois à longue barbe blanche les attendait.

— Je vous présente mon Directeur Commercial, M. Fu, leur dit Vane. Monsieur Fu, voici Miss Delaney, une nouvelle et prometteuse styliste, spécialisée dans les accessoires. Son amie, Miss Freeman. Ces jeunes femmes vont habiter dans l'île.

Le vieil homme se déclara ravi de les rencontrer. Il parlait un anglais lent et lourd, avec un accent prononcé. Pour lui, le *r* n'existait pas ; à sa place, il disait *l*, comme presque tous les Chinois que Debra avait connus.

Oliver les présenta ensuite à Mai Mai. C'était la styliste principale de la succursale, une jeune femme d'une grande beauté, au port de tête hautain. Elle ne parlait pratiquement pas l'anglais, et Debra dut lui faire la conversation en cantonais.

Mai Mai n'avait pas l'air très heureuse de voir débarquer une nouvelle styliste. Tout, dans sa façon d'être, indiquait qu'elle considérait Debra comme une rivale potentielle. Lorsque la nouvelle arrivante lui expliqua qu'elle ne travaillerait que sur les accessoires, la jolie Chinoise ne sembla pas rassurée pour autant. Ses yeux ne cessaient d'aller de Vane à Debra.

On offrit du thé aux voyageurs, puis Oliver entreprit de faire visiter son empire à Debra. C'était spacieux et fonctionnel, il y avait plusieurs ateliers de dessin, un grand salon pour les défilés et de nombreux bureaux. A sa grande surprise, Debra s'en vit attribuer un pour elle toute seule.

— Ce n'était vraiment pas nécessaire, dit-elle, un peu intimidée. Mon emploi n'est pas si important, vous auriez pu me loger avec les autres stylistes.

— Pas du tout ! Ici, que vous le vouliez ou non, vous *êtes* quelqu'un de très important.

Il avait parlé d'un ton chaleureux qui emplit la jeune femme de confusion. Sous ce regard souriant, elle ne savait trop comment se comporter. Pourvu qu'il ne se rende pas compte de l'effet qu'il produisait sur elle ! Et Liz qui les observait d'un air soupçonneux ! Debra se secoua. Il était suffisant que Liz se soit amourachée de cet homme, elle devait garder la tête froide.

— Pourrions-nous aller nous reposer ? demanda-t-elle à Vane Oliver, soucieuse de s'éloigner au plus vite de lui. Je suis morte de fatigue, et Liz n'est pas en meilleure forme.

Curieusement, il lui sembla surprendre une lueur d'inquiétude dans le regard gris de Vane. Ce fut si bref qu'elle crut à un tour de son imagination.

— Je suis désolé, répondit-il, j'aurais dû y penser. Ma voiture est sûrement en bas. Je vais vous conduire.

Ils partirent aussitôt en direction de Victoria Peak. Ce n'était pas la colline la plus élevée de Hong Kong, mais c'était certainement la plus célèbre, celle où habitaient les gens fortunés.

Ils furent bientôt loin au-dessus des gratte-ciel. La Mer de Chine était d'un pourpre luisant, les sampans et les jonques ressemblaient, de cette hauteur, à des jouets. De chaque côté de la route, des buissons maigres et sombres allaient jusqu'aux limites de magnifiques propriétés. Ce n'était que villas blanches, de style colonial ou résolument moderne, piscines somptueuses et parcs ombragés. Ils tournèrent enfin dans une petite allée qui grimpait en tournant sous les flamboyants.

Plus ils s'éloignaient du centre et plus Debra se sentait inquiète. Où Vane Oliver avait-il décidé de les loger ? Avec qui ? Chez qui ? Lorsqu'ils s'arrêtèrent enfin devant le perron magnifique d'une immense maison de rêve, elle n'y tint plus.

— Allons-nous vivre ici ? demanda-t-elle soudain, prise de soupçons. A qui appartient cette villa ?

— Elle est à moi, répliqua Vane calmement. L'appartement que j'avais d'abord réservé était trop petit pour deux personnes. Ici, il y a beaucoup de place, nous pourrons tous y vivre sans nous gêner. Je...

Debra le coupa sèchement.

— J'aurais dû m'en douter ! Vous avez prévu cet endroit dès le départ !

Elle revint vers la voiture et s'adressa à Liz.

— Nous ne restons pas. Remonte dans la voiture, Liz.

Elle était si furieuse qu'elle dut se retenir pour ne pas le gifler. Liz ne bougea pas, ce qui ne fit qu'ajouter à sa rage.

— Tu es folle, Debra ! Cette maison est divine. Où veux-tu que nous allions ? La ville est surpeuplée. Nous ne trouverons que des endroits au-dessus de nos moyens ou des nids à cafards. Moi, je reste !

— Vous n'avez pas d'autre choix, lui dit Vane en l'observant, vaguement anxieux.

28

Debra savait qu'il avait raison, et cela n'arrangea pas son humeur. Que faire, sinon accepter ? Elle s'y décida à contrecœur.

— Puisque nous ne pouvons faire autrement, admit-elle, nous resterons. Mais pour peu ! Je compte bien trouver autre chose. Qui habite ici ? J'ose espérer que nous ne serons pas seules avec vous !

Il esquissa un sourire vite effacé. Debra aperçut une lueur de triomphe dans ses yeux. C'est bien elle qui avait raison, il avait prévu de les loger là de longue date !

— Ne craignez pas pour votre vertu, lui dit-il d'un ton amusé, vous ne risquez rien de moi. Lin Daï, ma gouvernante, fera un chaperon très acceptable. De plus, quoi que vous en pensiez, il n'est pas dans mes habitudes d'attirer de jeunes personnes chez moi pour abuser d'elles.

— Je ne l'avais pas imaginé un seul instant, protesta-t-elle en rougissant.

C'était la première chose qui lui était venue à l'esprit ! Et, qui plus est, il le savait.

Négligeant le perron, Vane Oliver les fit passer par une cour entourée de hauts murs, un lieu de rêve. Ce n'était qu'arbres rares, fleurs odorantes, dragons sculptés dans la pierre. Liz semblait ne pas en croire ses yeux, mais Debra était si contrariée qu'elle n'y jeta même pas un coup d'œil.

La maison était de plain-pied, couverte d'un toit incurvé de tuiles anciennes, flanquée de vérandas sur trois côtés. Elle contrastait singulièrement avec les villas neuves qu'ils venaient de passer.

Celui qui l'avait bâtie devait avoir d'excellentes connaissances en art chinois. Tout ici était beauté, harmonie. Debra envia Oliver. Dans cette maison, on pouvait oublier les bruits de la ville, le grouillement des quartiers surpeuplés. C'était un peu comme une oasis dans le désert.

Normalement, Debra aurait dû se sentir flattée de se

voir offrir un tel endroit pour vivre, mais l'idée de le partager avec Vane Oliver, même pour un court laps de temps, lui était insupportable. Il fallait qu'elle trouve autre chose, même si cette maison lui plaisait.

L'intérieur était aussi beau, aussi raffiné que l'extérieur. Le mobilier asiatique se mélangeait parfaitement à l'occidental. Ce n'était partout que peintures chinoises anciennes, porcelaines Ming, paravents incrustés de nacre.

La gouvernante vint à leur rencontre vêtue du *cheongsam* traditionnel, la robe fendue à petit col officier que portaient la plupart des femmes de l'île. Ce vêtement convenait parfaitement à son corps mince. Les hautes fentes sur les côtés laissaient voir de fort belles jambes. Sa lourde chevelure était torsadée en un lourd chignon, et ses yeux, légèrement bridés, étaient tout sourire.

— Voici Lin Dai, dit Vane en désignant la jeune Chinoise à ses invités. Elle fera son possible pour rendre votre séjour agréable.

Debra n'aurait jamais pensé qu'une gouvernante puisse être aussi jeune et jolie. Sans trop savoir pourquoi, l'apparition de cette beauté exotique ne fit qu'augmenter sa suspicion. Elle tourna vers son employeur un œil accusateur. Celui-ci, prévenant ses questions, se dirigeait déjà vers la porte.

— Je vais chercher vos valises, Lin Dai vous montrera vos chambres. Si vous avez besoin de quelque chose, n'hésitez pas à le demander.

Debra, la bouche amère, et Liz, dansant de joie, suivirent la gouvernante dans une succession de corridors. La jeune Chinoise leur désigna leurs chambres, deux pièces communiquantes aux murs laqués de blanc, à l'ameublement raffiné.

— Il y a une salle de douche pour chaque chambre, précisa Lin Dai. Si vous voulez vous baigner, la salle de bains est au bout du couloir.

Son anglais était cent fois supérieur à celui de M. Fu. Debra se demanda pourquoi Vane Oliver n'avait pas pensé à elle pour l'emploi qu'il lui avait proposé. Peut-être n'était-elle pas assez au courant des choses de la mode ? Pour jouer à la médiatrice, comme il disait, il fallait certainement pouvoir discuter métier avec les sous-traitants.

Pourquoi avoir fait venir quelqu'un de Londres ? Debra restait persuadée qu'il aurait pu trouver une personne de confiance sur place. Tout cela semblait fou, trop beau pour être vrai. Enfin, elle était là, heureuse d'avoir retrouvé un peu de son enfance, pourvue d'un travail passionnant, même si l'employeur ne lui plaisait pas... ou trop.

— Voulez-vous manger quelque chose ? proposa la gouvernante.

Debra et Liz refusèrent d'un même mouvement de tête. Liz se mit à tournoyer dans la chambre, les bras au ciel, inconsciemment provocante. Ce fut le moment que choisit Vane pour arriver, les valises à la main. Il jeta un coup d'œil en direction de Liz, les yeux plissés, puis il prit son ton le plus enjoué.

— Voilà vos affaires... Dormez bien.

Il ne semblait pas du tout las, ce qui vexa passablement Debra : elle tombait de fatigue. Quant à Liz, elle s'était allongée sur son lit, à demi endormie. Suivi de la gouvernante, Vane les avait quitté, et Debra regagna sa chambre. Elle se doucha rapidement et se coucha aussitôt. Moins de deux minutes plus tard, elle dormait.

Elle se réveilla le lendemain matin, fraîche, complètement remise du voyage. Passant la tête par la porte de communication, elle aperçut la chevelure blonde de Liz qui dépassait des couvertures. Son amie dormait encore profondément. Debra sourit. C'était une enfant, et cette grasse matinée lui ferait le plus grand bien.

La jeune fille fit sa toilette, s'habilla rapidement et se rendit à la salle à manger. Elle mourait de faim.

Vane Oliver était assis, un journal ouvert devant lui, les restes de son petit déjeuner à ses côtés. Il était rasé de près et portait une chemise de soie largement ouverte sur sa poitrine. Il lui adressa un large sourire.

— Vous êtes-vous suffisamment reposée ? Vous semblez en pleine forme. Et Liz ?

— Je viens de passer par sa chambre, elle dort.

Il lui servit une tasse de café, tout en l'observant sous ses paupières mi-closes. Cette scène était beaucoup trop intime au goût de Debra, mais elle n'osa rien dire car son employeur semblait heureux de la situation.

— Aujourd'hui, vous vous reposerez, annonça-t-il. Qu'aimeriez-vous faire ? Renouer connaissance avec Hong Kong ? Je peux vous conduire, ainsi que Liz, tout autour de l'île. A moins que vous ne préfériez vous reposer dans le jardin. C'est un endroit très agréable.

Debra termina lentement son café avant de répondre.

— Je crois que je vais aller visiter des appartements à louer, lui dit-elle avec fermeté. Liz et moi ne pouvons continuer à vivre ainsi.

Pendant qu'elle parlait, le regard de Vane s'était fait progressivement plus dur.

— Mais c'est idiot ! Vous êtes ici chez vous, toutes les deux, aussi longtemps que vous le désirez. Pourquoi envisager de déménager ?

— Parce que nous ne devons pas demeurer ici plus longtemps. Je suis assez grande pour savoir ce que je fais, mais Liz est facilement influençable. Vous lui avez produit une telle impression... Il ne serait pas sage que nous restions ici une minute de plus. Cela risquerait de nuire à notre travail.

— Je pense que c'est à Liz d'en décider. Elle n'est plus l'ingénue que vous pensez.

— Que voulez-vous dire ? Que s'est-il passé entre vous, le jour où vous êtes venu la voir à la maison ?

— Je n'aime pas vos soupçons, ni la façon dont vous voyez les choses ! s'écria-t-il d'un ton agressif. Je vous en prie, ne me faites pas plus noir que je suis. J'ai assez d'intelligence pour ne pas me fourvoyer avec une gamine qui a la moitié de mon âge. Ce que je voulais dire, c'est que les filles de dix-sept ans, aujourd'hui, ne sont plus les précieuses petites oies blanches qu'elles étaient encore il y a vingt ans. Elles connaissent la vie, savent ce qu'elles veulent et ce qu'elles font. La plupart ont plus d'expérience de la vie que vous.

Debra décida d'ignorer l'attaque.

— Pas Liz, se contenta-t-elle de répondre. N'oubliez pas que j'ai longtemps vécu avec elle. Je sais exactement ce qui est bon ou non pour elle.

Il sourit, d'un air supérieur.

— Ce que j'aimerais savoir, c'est ce qui est bon pour vous. Vous êtes un curieux mélange, moitié femme, moitié enfant. Le plus souvent femme d'affaires et sûre de vous, mais l'instant suivant boudeuse, capricieuse et prononçant des paroles que vous ne devez même pas penser.

— Telles que ?...

— Cette histoire de mauvaise influence sur Liz, par exemple. Laissez-moi vous le dire une bonne fois pour toutes, Debra Delaney, je n'ai rien de commun avec votre amie, pas le moindre « atome crochu ». Si elle se construit un beau conte à dormir debout, ce ne sera pas la fin du monde. Cela l'aidera peut-être à oublier la mort de ses parents, son chagrin. Où est le mal ?

— Et qu'arrivera-t-il lorsqu'elle s'apercevra que ses sentiments ne sont pas partagés ? Comment réagira-t-elle, à votre avis ? Non, monsieur Oliver, je persiste : plus vite nous partirons, mieux ce sera.

— Et moi je suis sûr que vous exagérez la situation.

Il semblait vraiment furieux, maintenant. La mâchoire serrée, les yeux lançant des éclairs, il la fixait avec exaspération.

— Liz est mûre pour une belle histoire d'amour, ajouta-t-il, mais pas avec moi. Elle et moi! Mais c'est ridicule. Vous n'avez pour appuyer vos dires que quelques déductions erronées. Si cela peut vous calmer, je vous donne ma parole de ne pas la toucher, jamais.

Que répondre? Il fallait bien se contenter de ce serment. Cependant, Debra, sans le lui dire, restait sur sa position. Elles partiraient, et le plus tôt possible. Dès qu'elle le pourrait, elle chercherait et trouverait un endroit plus sûr.

Ils finirent leur déjeuner en silence. Debra était bouleversée. Cet homme ne comprenait rien à Liz, et elle en était très inquiète. Vane se leva.

— Appelez-moi lorsque vous serez prête, je ne serai pas loin.

Debra ne se donna pas la peine de répondre. S'il n'avait tenu qu'à elle, il n'aurait jamais été question d'une promenade avec Vane Oliver. Il les avait trompées en les faisant venir dans sa villa, et il ne les laisserait pas partir facilement. Quel pouvait bien être le but de tout cela? Elle se promit de le découvrir et, en attendant, de surveiller Liz.

A ce moment, celle-ci arriva, encore plus qu'à moitié endormie, vêtue d'une chemise de nuit fort courte et d'un peignoir largement ouvert.

— Nous ne sommes pas chez nous, Liz. Tâche de t'en souvenir. Va t'habiller immédiatement.

Liz bâilla, s'étira et jeta un regard rebelle sur Debra.

— Ne me parle pas sur ce ton, rétorqua-t-elle sèchement. J'ai faim. Je veux mon petit déjeuner maintenant.

Debra la laissa s'installer sans plus protester.

— D'accord, mais c'est la dernière fois. Dorénavant, tu viendras à table correctement vêtue. Pour qui te prends-tu? Que dirait mon patron s'il te voyait ainsi!

— Oh! nous nous sommes déjà rencontrés et il n'a rien dit. Il m'a même embrassée.

— Comment ! Et tu l'as laissé faire ? Mais enfin, tu es folle !

— Avec toi, on ne peut jamais s'amuser. Tu gâches toujours tout, le moindre plaisir.

— Plaisir ?... Si par t' « amuser » tu veux dire te jeter au cou du premier venu, alors oui, je suis un rabat-joie.

— Tu me disais que je devais oublier, être moins triste. Maintenant que je suis tes conseils, tu te fâches.

— Ce n'est pas en sautant sur Vane Oliver que tes problèmes s'arrangeront. Au contraire, tu te prépares un réveil sans joie.

Liz la regarda par-dessus la tasse.

— Nous avons beaucoup en commun. Ses parents sont morts aussi dans un accident de voiture, lorsqu'il avait à peu près mon âge. Il dit que pour oublier son malheur, il s'est lancé dans un travail forcené.

— Et que t'a-t-il conseillé ?

— De voyager, de voir du pays, de travailler beaucoup à l'école. Je lui ai dit que je voulais devenir médecin, comme Papa, et il va m'aider.

Debra souhaita de tout son cœur s'être trompée. Une solide amitié entre Vane et Liz ferait le plus grand bien à sa jeune amie, mais à condition que celle-ci ne s'enflamme pas pour rien et que les intentions de Vane soient pures, ce dont elle commençait à douter. Cette histoire de baiser l'ennuyait.

— Finis ton petit déjeuner, je te verrai plus tard.

— Sortirons-nous ? demanda Liz. Vane m'a plus ou moins parlé d'une promenade dans l'île.

— Si tu veux.

Liz eut l'air enchantée, mais Debra n'arrivait pas à partager son enthousiasme. Vane Oliver n'était pas un homme de parole. Juste après avoir juré, il s'était empressé de trahir sa promesse en embrassant cette petite sotte qui ne voyait pas plus loin que le bout de son nez. Debra bouillait de colère. Ce qui aurait pu être un voyage merveilleux était en train de tourner au cauchemar.

En attendant Liz, elle alla faire un tour dans le jardin. L'air y embaumait, c'était une débauche de fleurs plus colorées les unes que les autres, hibiscus, bauhinias blanc rosé, orchidées... Dans un grand bassin de pierre se prélassaient d'énormes carpes, des hirondelles sillonnaient l'air en tout sens, emplissant les alentours de leur petit air rageur. Un endroit parfait, un temps parfait. Pourquoi fallait-il que Debra soit mal à l'aise ? La vue de Vane, allongé sur une chaise longue, ne fit rien pour calmer ses soucis.

La voyant arriver, il lui sourit de manière encourageante. Debra sentit sa volonté fondre comme neige au soleil. Si seulement il était moins beau ! Un regard de ses yeux d'argent et elle sentit ses jambes se dérober sous elle. Il lui fallut se forcer pour prendre l'air sévère.

— Pourquoi avoir embrassé Liz ? Vous aviez promis de ne pas la toucher.

— C'est elle qui vous a raconté cette fable ?

— Voulez-vous dire qu'elle a menti ?

— Non ! disons qu'elle a un peu déformé la vérité.

— Ce qui veut dire ?

— Que c'est votre petite camarade qui m'a embrassé. Je passais devant sa chambre au moment où elle en sortait et avant que je ne puisse faire un geste, elle avait mis ses bras autour de mon cou.

— Je ne vous crois pas !

Il haussa les épaules, fataliste.

— Comme vous voudrez. Ce que je dis est l'exacte vérité. Je dois reconnaître que votre amie est tout à fait charmante et que sa bouche est un délice. Un jour, lorsqu'elle sera adulte, ce sera une très jolie femme.

— Ne pourriez-vous l'empêcher de se conduire ainsi ? Surtout après ce que je vous avais dit, après votre promesse.

— Je ne l'ai pas encouragée, mais je ne l'ai pas repoussée, de peur de la froisser.

— Cela vaudrait peut-être mieux.

— Pour l'instant, elle a besoin de gentillesse. Liz n'a pas encore retrouvé son équilibre, elle pense encore à cet accident. Sa soudaine gaieté est feinte, elle souffre encore beaucoup.

Debra, sachant qu'il était aussi passé par là, fut obligée d'admettre qu'il avait peut-être raison.

— Essayez de la tenir à distance, de ne pas l'encourager.

— Je désire seulement être un ami pour elle, l'aider, si je le puis.

Il s'était levé et se tenait maintenant tout près d'elle, presque à la toucher. La jeune femme sentit son cœur battre un peu trop vite, ses joues s'enflammer.

— Avez-vous décidé ce que vous ferez aujourd'hui ?

— Liz veut visiter l'île.

— Et vous ?

— Moi ? Je suivrai la majorité.

— Vous ne semblez pas très enthousiaste. J'aurais tant aimé que cette première journée se passe sans nuages entre nous.

Avant que Debra n'ait le temps de s'en apercevoir, il l'avait embrassée. Un petit baiser dur et sec qui causa à la jeune femme un choc extraordinaire.

— Pourquoi ? demanda-t-elle, stupéfaite.

— Pourquoi un homme embrasse-t-il une femme ? Vous avez des lèvres désirables, Debra Delaney, voilà pourquoi.

Il la fixait intensément. On aurait dit qu'il avait du mal à détourner son regard. La jeune fille ne savait que dire, elle fut soulagée de voir arriver Liz.

— Que faites-vous là ? demanda la jeune fille. Je croyais que vous étiez partis sans moi.

Vane se tourna vers elle en souriant.

— Nous regardions la vue. Etes-vous prête ?

La voiture attendait devant la porte, et Liz se précipita sur le siège avant.

— J'espère que ça ne te gêne pas, Debra. Tu le sais, voyager sur la banquette arrière, me rend malade.

C'était un peu vrai, mais elle exagérait. Tout cela pour être plus près de celui qu'elle considérait comme une idole ! Debra serra les dents sans répondre.

Comme ils atteignaient le centre, Liz, qui n'avait cessé de bavarder, poussa un cri.

— Oh Vane, le marché ! Il y a des siècles que je n'y suis allée. J'étais si jeune à cette époque.

— Vous êtes encore bien jeune, lui répondit-il en riant, une enfant...

Debra vit Liz se raidir.

— Non, je ne le suis plus. Dans six mois, je pourrai voter.

— Si vieille ! se moqua-t-il. Bon, allons voir ce marché, nous ferons le tour de l'île une autre fois. Qu'en pensez-vous, Debra ?

— Comme il vous plaira.

Debra vit, dans le rétroviseur, le regard de Vane se durcir. Il ne dit pourtant rien et alla garer la voiture. Bientôt, ils se retrouvèrent au milieu d'une foule grouillante, une marée humaine dans laquelle ils avançaient péniblement. D'innombrables porteurs en veste et pantalon noirs, se faufilaient parmi cette multitude, deux paniers pendus à chaque extrémité d'un bambou qui leur sciait l'épaule. Une forte odeur d'épices et de saumure de poisson flottait dans l'atmosphère.

Debra avait complètement oublié ses griefs. Elle se laissait porter par ses souvenirs, essayant de reconnaître une senteur au passage, de se remémorer la signification de certaines enseignes, toute à cette redécouverte. La vue de ces mille petits métiers, de ces centaines d'échoppes, des écrivains publics avec leurs tablettes d'encre solide et leurs pinceaux épais, des devins et de leurs cages à serins, de toutes ces cuisines en plein vent, l'émerveillait autant que dans sa jeunesse. Vane éclata soudain de rire.

— A vous voir, lui dit-il, on ne dirait jamais que vous avez déjà vécu ici.

— C'était il y a si longtemps, répondit Debra en souriant, encore un peu perdue dans ses souvenirs. Tout a l'air si différent, aujourd'hui.

Ils déjeunèrent dans un des nombreux petits restaurants que comptait la ville puis continuèrent à se promener. Chaque rue était spécialisée. L'une était réservée aux marchands de poissons, l'autre aux garagistes, une autre encore aux vendeurs de souvenirs pieux en tous genres, pour toutes religions. Plus loin, c'étaient les légumes ou les fleurs, piles multicolores qui éblouirent les deux amies, puis des épices, aux couleurs aussi belles qu'ils sentaient bons. Il y avait des marchands de soies, lisses, sauvages, brochées, brodées, ceux qui vendaient des habits, des bijoux, de l'artisanat, ancien ou utilitaire, des antiquités.

Vane insista pour faire un cadeau à ses compagnes. Pour Debra, il choisit une boîte ancienne en ivoire finement gravé, pour Liz, une paire de boucles d'oreilles en or filigrané, ornées de perles et de jade. Debra, voyant la joie que reflétait le visage de son amie, s'inquiéta à nouveau. Mon Dieu, que le réveil allait être dur, et combien Liz souffrirait !

De retour à la ville, Liz, la voyant soucieuse, se défendit maladroitement.

— Elles ne doivent pas être vraies, dit-elle en lui montrant les boucles d'oreilles.

— Ce n'est pas la question ! explosa Debra. Une jeune fille bien élevée n'accepte pas de bijoux d'un homme, à moins d'un cas très spécial.

— Vane est spécial ! répondit Liz, l'œil méchant. Il est bon pour nous, tu ne peux pas dire le contraire. C'est la personne la plus gentille que j'aie jamais rencontrée.

A quoi bon discuter ? Liz était fascinée, rien ni

personne ne pourrait lui faire voir les choses en face. Debra, bien qu'elle ne veuille pas faire de scandale, décida de reparler de tout cela avec Vane à la première occasion. Il ne s'en rendait peut-être pas compte, mais Liz était follement amoureuse de lui. Il fallait mettre immédiatement un frein à cette inclination.

Une demi-heure avant le dîner, pendant que Liz prenait son bain, la jeune fille se rendit sous la véranda où elle savait trouver Vane. Celui-ci, allongé sur une banquette en rotin, semblait dormir. Debra, persuadée qu'il simulait le sommeil, vint se planter devant lui et l'interpella.

— Monsieur Oliver, je voudrais vous parler.

Vane ne bougea pas.

— Je sais que vous ne dormez pas.

— Parlez, je vous écoute, répondit-il sans ouvrir les yeux.

— Regardez-moi, alors !

— Je ne fais que ça.

Et c'était vrai ! Debra s'aperçut qu'il l'observait entre ses cils, paupières presque closes. Elle se posa sur une chaise et attaqua.

— Pourquoi avoir acheté ces boucles d'oreilles à Liz ?

— Parce qu'elle les désirait. Ce n'est pas une bonne raison ?

— Non. Les bijoux s'offrent dans des cas très spéciaux. On ne les donne qu'à des proches.

Un sourire lent envahit petit à petit le visage de Vane.

— Mon Dieu, que vous êtes vieux jeu. Ce n'était qu'une babiole sans importance. Vous ne croyez tout de même pas que je compte m'attacher cette enfant à l'aide d'une poignée de verroterie.

Le ton, entre eux, commençait singulièrement à monter. Debra vit un muscle frémir au coin de sa mâchoire. Il se redressa soudain et s'assit pour lui faire face.

— Que voulez-vous de moi, à la fin ? Que j'ignore Liz ? Que je fasse comme si elle n'existait pas ?

— Vous savez bien que ce n'est pas ça ! Mais pourquoi ne pas la traiter comme l'enfant qu'elle est, au lieu de lui faire, par exemple, des cadeaux de femme. Vous encouragez, peut-être sans le vouloir, une passion qui va la blesser terriblement. Combien de fois faudra-t-il que je vous l'explique ?

— Je ne crois pas que l'enfant, comme vous dites, aimerait beaucoup être traitée ainsi. Voyez-vous, Debra, Liz n'est presque plus une enfant, et elle se voit bien grande. C'était peut-être une gamine avant la mort de ses parents, mais je crois qu'elle a vite grandi depuis.

— Monsieur, je pense que ce voyage à Hong Kong a été une énorme erreur. Je suis maintenant certaine que nous devrions repartir pour Londres, avant que je ne commence à travailler pour vous, avant que je ne sente coupable de vous abandonner.

— Que dira Liz ?

— Je ne crois pas qu'elle appréciera.

— Moi j'en suis certain ! Réfléchissez un instant, Debra. Ce voyage est la meilleure chose qui pouvait lui arriver. En la ramenant à Londres, vous la replongerez dans une atmosphère qui ne lui convenait guère. Elle va de nouveau se replier sur elle-même et être horriblement malheureuse. C'est à vous qu'elle en voudra.

Il avait raison ! Une fois encore... Debra se redressa, le menton levé, véritable petit coq de combat.

— Et si nous restons, que vous proposez-vous de faire ?

— Justement rien, ma chère Debra. C'est vous qui êtes inquiète, pas moi. Et je suis sûr que Liz ne l'est pas non plus. Si j'étais vous, je renoncerais à m'encombrer l'esprit de ces idées malsaines.

Sur ces mots, il se leva et la quitta sans rien ajouter, sans se retourner, comme si elle n'avait jamais existé.

3

Le lendemain matin, Vane et Debra partirent ensemble pour le bureau. Liz dormait encore. Les voitures et les bus étaient englués dans un embouteillage monstre, pare-chocs contre pare-chocs, et il leur fallut un temps fou pour arriver dans le centre. Plus d'une fois, Debra se dit qu'il aurait été plus facile d'aller à pied.

Ils ne se parlèrent pas de tout le trajet, ce qui arrangeait Debra, encore sous l'impression que lui avait laissé le baiser de la veille. A peine arrivés dans l'immeuble, chacun alla de son côté. Debra venait de s'installer lorsque le téléphone sonna. C'était Vane.

— Je voudrais vous voir dans mon bureau immédiatement, lui dit-il.

La jeune femme se précipita. C'était son premier jour, elle ne savait pas exactement comment on travaillait chez Vanoli et se posait mille questions. Vane l'attendait, impatient, l'air troublé.

— Que se passe-t-il ? demanda Debra.

— Je viens de recevoir un appel de Londres. Ils ont reçu un arrivage de robes de Yam Ling Kee avec des broderies qui ne sont pas les nôtres. Je ne sais pas comment personne ne s'en est aperçu ici et ne le saurai probablement jamais. Enfin, vous êtes là pour ça maintenant. Allez les voir et expliquez-leur ce qui ne va pas. Je veux qu'un nouveau lot parte dès la semaine prochaine. S'ils ne peuvent se débrouiller, prévenez-les qu'ils perdront ma clientèle.

— Une semaine, c'est bien peu.

— Faites ce que je vous dis! Ma réputation est en jeu. Prenez un taxi et allez les voir immédiatement. En partant, demandez à M. Fu de venir me parler. Je veux qu'il mette une voiture à votre disposition.

Dans le taxi, Debra se demanda si Vane Oliver était toujours aussi brutal en affaires. Sa réaction, lorsqu'elle avait essayé de défendre le sous-traitant, l'avait époustouflée. Son employeur n'était pas du genre à aimer que l'on discute ses ordres.

Chez Yam Ling Kee, elle fut reçue avec tous les égards possibles. Le jeune directeur, M. Ho se répandit en excuses les plus plates. Il venait, lui aussi, d'être avisé de son erreur et, lorsque Debra lui transmit l'ultimatum de Vane, il accepta aussitôt de faire une livraison dans les délais fixés.

— Aucun problème. Pourrons-nous récupérer les autres vêtements? En les vendant ailleurs, nous perdrions moins.

— Ce doit être possible, répondit Debra, mais sans la griffe de Vanoli.

— Je comprends. Nous l'enlèverons, évidemment.

— Assurez-vous-en vous-même! Je ne désire pas voir le marché inondé de produits portant notre nom sans nos broderies. M. Oliver vous priverait à coup sûr de sa clientèle.

— Ne vous inquiétez pas, Miss Delaney, M. Oliver sera satisfait de notre prochain envoi.

Debra regagna les bureaux de Vanoli, assez contente d'elle. Sa première intervention s'était passée beaucoup mieux qu'elle n'espérait. A son arrivée, la jeune fille apprit que Vane était parti en annonçant qu'il ne reviendrait pas de la journée. N'ayant rien de particulier à faire, Debra se rendit dans la salle de présentation, avec le projet d'étudier la collection Vanoli.

Elle n'était pas là depuis plus d'une minute, lorsque Mai Mai arriva. Visiblement, elle voulait apprendre exactement ce qu'était Debra pour Vane.

— J'ai été très surprise de savoir que M. Oliver avait engagé une nouvelle styliste, déclara-t-elle sans autre préambule. Le connaissez-vous depuis longtemps ?

Debra étudia la jeune Asiatique un court instant. Elle était vraiment très belle. Sa lourde chevelure noir de jais encadrait un visage fin et distingué. Sa mince silhouette, drapée dans un fourreau rouge sang, était parfaite.

— Je ne le connais pratiquement pas, répondit-elle.

Cette réponse amena un sourire de satisfaction sur le visage de son interlocutrice.

— Pourquoi êtes-vous ici ? J'ignorais qu'il comptait employer une nouvelle styliste.

Debra sourit. La façon sans détour qu'avait Mai Mai de questionner commençait à l'amuser.

— En fait, j'ai répondu à une annonce pour un emploi à Londres. C'est M. Oliver qui a insisté pour que je vienne à Hong Kong. Il a des ennuis de fabrication ici, et il a pensé que, parlant le cantonais, je pourrais lui être utile.

— C'est un travail important.

Mai Mai était folle de jalousie. Ses yeux brillaient de haine.

— Vous croyez ? Pour moi, c'est un emploi comme un autre, avec l'Asie en prime. Connaissez-vous Londres ?

L'autre eut un sourire énigmatique.

— Pas encore.

« Mais tu espères bien y aller un jour et tu te donnes beaucoup de mal pour ça », pensa Debra. Mai Mai n'était pas très habile à cacher ses sentiments.

— J'adore Hong Kong, reprit-elle. Si vous saviez combien je suis heureuse d'être de retour.

— Vous étiez déjà venue ?

— Oh, oui. J'ai vécu toute mon enfance ici. Mon

père était médecin au *Queen Mary Hospital*. C'est ici que j'ai appris à parler votre langue.

La jeunesse de Debra n'intéressait vraiment pas Mai Mai. D'un petit geste, elle écarta le sujet et poursuivit son interrogatoire.

— J'avais l'impression que M. Oliver et vous étiez très proches.

— Non, pas du tout. Il me traite comme n'importe quelle employée. Bien sûr, le fait de vivre chez lui rend nos relations un peu différentes.

Ces mots firent sur la jeune Chinoise l'effet d'une bombe. Son visage se crispa sous le coup de la colère.

— Vous habitez avec lui ? Il ne m'en a rien dit !

— Pourquoi l'aurait-il fait ?

— Il discute habituellement de ces choses avec moi.

— Tout s'est passé si vite, peut-être n'en a-t-il pas eu le temps ? Et puis c'est temporaire, nous nous installerons ailleurs dès que possible.

— Nous ? Ah, oui, la jeune fille qui était avec vous hier. Qui est-elle ?

Debra commençait à être fatiguée de ces questions. Elle ne voyait pas en quoi tout cela pouvait concerner Mai Mai. Elle décida soudain de ne plus rien dire, de rester dans le vague.

— C'est une amie, répondit-elle froidement.

— Pourquoi est-elle ici ? Va-t-elle entrer aussi dans la société ?

Debra se contenta de hausser les épaules sans répondre. Cette attitude amena l'autre styliste à changer de conversation.

— Nous allons très certainement collaborer. Voulez-vous voir les dessins sur lesquels je travaille actuellement ?

Elle avait parlé sourdement, le visage dur, semblant faire un immense effort pour être polie. Debra accepta aussitôt, heureuse de pouvoir éviter certains sujets.

— Avec joie ! s'exclama-t-elle. M. Oliver ne m'a pas

aissé d'instructions précises. Cela me donnera peut-être
quelques idées.

Les nouveaux dessins transportèrent Debra d'enthousiasme. Vane avait abandonné, pour cette collection,
es motifs brodés habituels, utilisant uniquement des
plissés, des centaines de tous petits plis, pour les jupes,
les manches, la taille, les poignets. Le tout serait traité
dans des étoffes précieuses, soie, crêpe, cotons fins et
souples.

La jeune styliste se mit immédiatement à penser aux
accessoires qui iraient avec des vêtements aussi délicats.
De retour dans son bureau, elle se mit au travail
aussitôt. Elle était si absorbée qu'elle fut toute surprise
de voir arriver M. Fu pour lui annoncer que les bureaux
allaient fermer.

— Voulez-vous que je vous raccompagne ? proposa-
-il gentiment.

Debra sourit et refusa d'un signe de tête.

— Je préfère marcher. Il y a trop d'embouteillages.

Ils descendirent ensemble tout en barvardant.

— J'espère que vous aimez notre maison, lui dit le
vieil homme. Cette première journée de travail s'est-elle
bien passée ?

— Très bien, merci ! Savez-vous où est allé
M. Oliver ?

— Non. Il va, il vient. Souvent, il disparaît sans dire
un mot. Aimez-vous sa maison ? C'est un bien joli
endroit.

— C'est très beau, mais je n'ai pas l'intention d'y
rester. Connaîtriez-vous, par hasard, un appartement à
louer ?

— En ce moment, on ne trouve rien. Vous feriez
mieux de rester chez M. Oliver, c'est tellement grand !

— Nous ne voulons pas le déranger plus longtemps.

— Il y a toujours de la place chez lui pour une jolie
femme, s'exclama le vieil homme en souriant, une lueur
taquine au coin de l'œil.

Debra eut l'impression qu'il en savait plus qu'il ne disait, mais en bon diplomate, il gardait pour lui ses informations. M. Fu devait s'imaginer que les relations de Debra avec Vane étaient teintées de romantisme... Cette idée fit rougir la jeune styliste.

Ils se séparèrent sur le trottoir, et Debra gagna rapidement le terminus du funiculaire du Peak. En s'asseyant dans le compartiment, elle se demanda ce que Liz avait bien pu faire de sa journée. Cette pensée lui gâcha un peu le trajet et l'empêcha d'admirer le paysage que l'on découvrait de la cabine du train le plus pentu du monde. Un sentiment de culpabilité l'assaillait soudain. Pourvu que Liz ne s'ennuie pas trop, seule dans cette grande maison vide !

En marchant vers la maison, elle fut frappée soudain d'une idée toute autre. Où était Vane ? Ce pouvait-il que son absence du bureau ait un rapport avec la solitude de Liz ? Bien qu'elle s'en défendît, une pointe de jalousie vint lui serrer désagréablement le cœur. Elle accéléra le pas.

Arrivée à la maison, Debra ne tarda pas à découvrir que ses soupçons étaient fondés. Lin Dai l'informa en effet que M. Oliver et Miss Freeman étaient sortis.

— Il est revenu à l'heure du déjeuner, dit la gouvernante, et ils sont partis aussitôt.

— Savez-vous où ils sont allés ?

Lin Dai secoua la tête en signe d'ignorance.

— Non, Miss Delaney. Ils m'ont seulement dit qu'ils serait là pour le dîner. Désirez-vous les attendre où préférez-vous que je vous serve maintenant ?

— J'attendrai, répondit Debra sèchement.

Dans sa chambre, pendant qu'elle prenait sa douche, elle ne put se détendre tant elle était inquiète. Il ne s'agissait plus de jalousie maintenant, mais d'une angoisse bien réelle. Liz était bien jeune ! Même si Vane tenait sa promesse, la petite risquait de se bercer d'illusions qui la rendraient tôt ou tard terriblement malheureuse.

S'étant habillée, Debra se rendit au salon et tomba sur Liz et Vane qu'elle n'avait pas entendus arriver. Liz, très grande fille délurée, était assise dans un canapé, un verre de sherry à la main. Vane, debout devant une fenêtre, semblait contempler le jardin. En fait, Debra savait qu'il voyait tout ce qui se passait derrière lui par le truchement de la vitre. Il se retourna lentement et lui lança un regard insolent qui la fit rougir.

— Un verre de sherry ?

— Non, merci. Je ne bois pas d'alcool. Liz non plus, d'ailleurs.

Debra n'avait pu s'empêcher de jeter un coup d'œil furieux en direction de sa jeune amie, regard qui n'échappa pas à celle-ci.

— Un verre ne peut me faire de mal, se défendit-elle, boudeuse, défiant son aînée des yeux.

— Pour quelqu'un qui n'a jamais bu, c'est encore trop ! répliqua Debra d'un ton sec. Restes-en là. A propos, pourquoi ne pas m'avoir dit que tu devais sortir avec M. Oliver ?

Ce fut Vane qui répondit le premier.

— Parce qu'elle ne le savait pas. Je pensais que ce serait une surprise agréable. Pourquoi cette question, êtes-vous jalouse ?

Debra se redressa, les yeux jetant des éclairs de rage.

— La jalousie n'a rien à voir dans tout cela. Vous savez très bien, monsieur, pourquoi je désapprouve cette sortie. J'aimerais que cela ne se reproduise plus.

— Debra ! protesta Liz. Nous avons passé une merveilleuse journée. Vane m'a fait visiter le Jardin Botanique. C'était formidable, j'aurais volontiers passé des heures devant la volière.

Debra n'écouta pas la suite. Ce que Liz avait retiré de sa visite ne l'intéressait pas. Ce qui comptait, c'était que Vane n'avait pas tenu compte de ce qu'elle lui avait dit au sujet de la jeune fille. Il n'avait pas le droit d'encourager Liz ! Se laissant tomber sur un siège, la jeune femme fixa son employeur d'un air de reproche.

— Me promettez-vous que vous ne le ferez plus ? lui lança-t-elle d'une voix rendue sourde par l'inquiétude.

Comme il ne disait rien, elle reprit, plus sèchement cette fois.

— J'attends votre parole, monsieur Oliver !

— Vous risquez d'attendre longtemps, répondit-il enfin, calme, trop calme, les yeux durs. Je déteste qu'on me dicte ma conduite.

Debra, devant ce refus sans appel, se sentit devenir livide de colère. Trop, c'en était trop ! Elle se leva d'un bond et sortit du salon en se promettant de gronder sévèrement Liz dès que ce serait possible.

Dans le corridor, elle se heurta presque à Lin Dai qui venait annoncer que le dîner était servi. Debra n'avait pas faim ; elle faillit aller se réfugier dans sa chambre. Seule l'idée de laisser Liz en tête à tête avec Vane la retint. De mauvaise grâce, elle les suivit dans la salle à manger.

Elle ne put avaler une bouchée. Au dessert, à bout de nerfs, sachant qu'elle ferait un scandale si elle restait avec eux un instant de plus, elle s'enfuit presque dans le jardin.

Il faisait un temps splendide, l'air embaumait, le paysage était toujours aussi magnifique, mais Debra ne vit ni ne sentit rien. Marchant sans autre but que de se calmer, elle arriva près du bassin et s'assit sur le rebord.

Un bruit de pas lui fit lever la tête. Vane venait vers elle, résolument agressif.

— Liz est bouleversée. Pourquoi être sortie si brusquement ?

— Pour ne pas vous gêner.

— Je doute fort que Liz pense une telle chose. Elle n'a cessé de me dire combien vous aviez été bonne avec elle depuis la mort de ses parents.

Debra se leva, incapable de tenir en place.

— Elle avait le cœur brisé. J'espérais que ce voyage lui ferait du bien.

— C'est exactement le cas. Ce séjour lui remet en mémoire toutes sortes de souvenirs d'enfance.

— C'est elle qui vous l'a dit?

— Oui. Elle a même ajouté qu'elle commençait à se sentir l'âme en paix.

Etait-ce le séjour ou la présence de ce trop bel homme? Debra n'arrivait pas à s'expliquer ce brusque revirement. Un pli soucieux barra son front. Se retournant, elle se mit à contempler les eaux argentées du bassin.

— J'en suis heureuse, murmura-t-elle.

L'était-elle vraiment? En acceptant cet emploi, elle ne se doutait pas que Vane Oliver deviendrait si proche d'elles. Cela la troublait plus qu'il n'était raisonnable. Bien sûr, si Liz retrouvait sa joie de vivre, ce serait formidable, mais ses relations avec Vane ennuyaient beaucoup Debra. Elle avait l'impression qu'il s'amusait de voir naître une passion qui le flattait peut-être.

Vane sembla douter de la sincérité de sa réponse. Posant la main sur son épaule, il la fit pivoter.

— Etes-vous vraiment contente? Il me semble plutôt que vous êtes jalouse de me voir porter plus d'attention à Liz qu'à vous.

— Ne me touchez pas! cria Debra.

Elle avait fait un bond en arrière et le fixait sauvagement. Il lui sembla soudain qu'elle le voyait pour la première fois. Jusque-là, elle l'avait considéré comme un très bel homme, sans trop se rendre compte de ce qu'il pouvait représenter pour une femme. Il était presque trop séduisant! Il n'était pas étonnant, dans ces conditions, que Liz fût tellement éprise. Elle-même... Elle se secoua, comme pour chasser de sa pensée le souvenir de ce baiser, tenta de durcir son cœur.

— Vous dites les choses les plus insensées, lui lança-t-elle. Pourquoi serais-je jalouse ? Vous savez parfaitement ce que Liz représente pour moi. C'est à elle que je pense, à elle et au mal que vous risquez de lui faire.

— Vous mentez, lui dit-il avec un accent de dérision qui la rendit furieuse. Ou alors, vous essayez de vous tromper vous même. C'est à cause de mon amitié avec Liz que vous êtes sortie si brusquement. Vous n'avez pu supporter de me voir lui porter tant d'intérêt. Si vous changiez d'attitude à mon égard, c'est vous dont je m'occuperais.

Debra était maintenant hors d'elle.

— Mon Dieu, Vane Oliver, vous êtes l'homme le plus prétentieux qui soit ! Je suis votre employée, je sais où se trouve ma place. Je ne suis pas jalouse de Liz et ne le serai jamais. C'est votre attitude qui m'inquiète.

— Elle n'a pas l'air si malheureuse, pourtant. Ne pensez-vous pas que vous vous tracassez pour rien ?

Il la contemplait de toute sa hauteur, l'air railleur.

— Liz est beaucoup trop jeune. Sous le coup d'un gros chagrin, elle est très vulnérable. Je ne veux pas qu'à cela s'ajoute un désespoir supplémentaire. Ne pouvez-vous pas comprendre une chose aussi simple ?

— Je crois que vous mésestimez votre amie. Elle est parfaitement capable de veiller sur elle.

— Pas lorsqu'il s'agit d'un homme comme vous. Avec un garçon de son âge, sans doute, mais vous ! Elle n'a pas assez d'expérience.

— Parce que vous en avez ?

Il se moquait carrément d'elle, maintenant. Les lèvres retroussées par un sourire sarcastique, il l'observait, une petite lueur ironique dans le regard.

— J'en sais quand même un peu plus qu'elle sur les hommes. Liz est encore une enfant. Pourquoi ne pas choisir quelqu'un de votre âge ?

— Vous peut-être ?

Debra s'apprêtait à lui répondre vertement, mais Vane ne lui en laissa pas le temps. Faisant un pas en avant il la prit brusquement dans ses bras, la serrant à l'étouffer.

— Qu'est-ce qui vous prend ? demanda Debra folle de rage en essayant de le repousser.

Ses efforts étaient vains, il était trop fort. Gigantesque masse de muscle et de virilité contre laquelle elle ne pouvait lutter.

— J'essaie simplement de vous prouver que Liz n'est pas la seule à m'intéresser.

Debra, n'arrivant pas à se dégager, essaya de protester de nouveau, mais la bouche de Vane prit la sienne avant qu'elle n'ait le temps d'émettre un son.

Il y avait un seul moyen d'éloigner cet homme : ne plus bouger, jouer l'indifférente. Debra se laissa aller dans les bras de Vane, molle, sans réaction, froide. Intérieurement, elle bouillait d'une passion qu'elle avait du mal à contrôler, mais elle fut la seule à remarquer que son cœur battait la chamade. Oliver crut, lui, à sa comédie, il l'écarta d'une poussée, déconcerté. Debra ne lui laissa pas le temps de parler.

— Monsieur Oliver, vous m'avez plus ou moins forcée à venir à Hong Kong, vous nous avez installées dans votre villa contre mon gré, mais je ne vais certainement pas me laisser ainsi courtiser !

Il la fixa un instant, incrédule, puis explosa.

— Vous courtiser ! Vous prenez vos rêves pour la réalité...

Ce cri du cœur fit du mal à Debra. Elle se sentit humiliée, souillée. Pour qui la prenait-il ? Croyait-il vraiment qu'elle était de celles qu'on prend et jette à volonté ?

— Je connais le genre d'homme que vous êtes, monsieur Oliver, et je ferai tout ce qui est en mon pouvoir pour empêcher Liz de tomber amoureuse de vous.

Raide, le regardant droit dans les yeux, Debra le défiait du regard. Vane soupira, impatienté.

— Nous voilà de nouveau au même point. Mais je ne crois pas que votre amie sera très heureuse de votre intervention.

— Je le sais, déclara Debra, un rien dépitée. Elle me dira probablement de m'occuper de mes affaires.

— Alors, pourquoi ne pas la laisser tranquille ?

Sa voix était dure, agressive. Debra eut un mouvement de recul. Cet homme l'effrayait. Elle fit front, cependant, bravement.

— Parce qu'elle m'inquiète... je me sens responsable.

Vane éclata de rire, un rire qui surprit la jeune femme.

— Quelle brave petite protectrice vous faites ! Croyez-moi, vous perdez votre temps. Liz n'a rien à craindre.

Il lui avait pris la main, et ensemble ils regagnèrent la maison. Debra vit les rideaux du salon remuer. Liz avait-elle vu Vane l'embrasser ? Dans ce cas, que dirait-elle ? Vane avait-il dit la vérité en prétendant que la sortie de Debra avait bouleversé Liz ? Elle décida de parler sérieusement à la jeune fille le lendemain et alla se coucher.

Le sommeil fut long à venir. Debra ne cessait de s'interroger sur la raison de ce baiser. Etait-ce automatique chez lui ? Faisait-il la cour à toutes les femmes qui passaient à sa portée ? Ou, la croyant jalouse de Liz, essayait-il de la consoler ?

Les deux cas de figure ne plaisaient guère à la jeune fille. Elle ne se voulait pas un objet de pitié, et elle ne désirait vraiment pas Vane.

Au matin, lorsque Debra se rendit à la salle à manger, Vane avait fini son petit déjeuner et lisait son journal. Liz n'était pas encore levée.

— Bonjour, Debra. Avez-vous bien dormi ?

Au ton de sa voix, la jeune styliste se rendit compte

qu'il espérait bien le contraire. Il devait croire que son baiser de la veille l'avait troublée. Elle prit aussitôt son air le plus enjoué.

— Très bien, merci, monsieur Oliver !

Il la regardait en souriant, et Debra, à sa grande honte, dut admettre que cet homme était terriblement attirant. Un léger frisson la parcourut.

Vane lui servit du café et la questionna calmement.

— Liz dort toujours ?

— Je le pense, je n'ai pas vérifié.

Debra n'avait pu se décider à passer par la chambre de son amie. L'idée de l'affronter si tôt le matin ne lui disait rien. Liz grandissait trop vite... En quelques jours, d'enfant elle était devenue femme, et Debra n'était pas certaine de pouvoir maîtriser la situation.

Mal à l'aise, la jeune fille fit durer son petit déjeuner le plus longtemps possible. Elle ne voulait pas voir Liz et en même temps n'osait la laisser seule. Enfin, n'ayant plus d'excuses pour traîner, elle annonça à son employeur qu'elle était prête.

— Ce n'est pas trop tôt, soupira ce dernier. J'ai bien cru que nous allions passer la journée à table. Vous ne dites pas au revoir à Liz ? Peut-être avez-vous peur de l'affronter, après ce qui s'est passé hier soir ?

Ainsi, lui aussi avait vu le rideau bouger !

— Je ne veux pas la réveiller.

— Comment savez-vous qu'elle dort ? Vous êtes vraiment étrange, ce matin. Si vous ne m'aviez affirmé le contraire, je continuerais à croire que vous êtes jalouse de votre jeune amie.

Debra sentit sa colère de la veille revenir.

— Jalouse ? Je serais bien folle de l'être ! D'ailleurs les hommes ne m'intéressent pas.

— Pourquoi ? demanda-t-il brusquement. Ce n'est pas normal.

— Cela vous ennuie, n'est-ce pas, cela vous agace !

C'est mon travail qui m'intéresse, les hommes passent après.

— Vous mentez ! Sous vos dehors tranquilles se cache un cœur ardent.

— Monsieur Oliver, j'aimerais que vous ne vous occupiez plus de ma vie privée. Vous êtes mon employeur, c'est entendu, mais rien de plus.

Debra avait parlé d'une voix douce et ferme. Elle vit Vane pâlir, serrer les dents ; il semblait fou de rage, pourtant il se domina.

— Excusez-moi, murmura-t-il, j'avais oublié. Je vais chercher la voiture.

Se tournant, Debra aperçut Liz sur le pas de la porte. Qu'avait-elle entendu de la conversation ?

— Liz, commença-t-elle,…

Vane lui coupa la parole.

— Bonjour, Lizzie, mon ange. Nous pensions que vous dormiez encore. J'espère que nous ne vous avons pas réveillée ?

Il avait traversé la pièce en deux enjambées, les bras tendus, et Liz s'était jetée contre lui, un regard de triomphe dirigé vers Debra. Vane continua.

— Je suis désolé, ma toute belle, mais il nous faut partir. Ne vous ennuirez-vous pas trop toute seule ?

Sortant une liasse de billets de la poche, il la mit dans la main de la jeune fille.

— Tenez, allez vous acheter quelque chose de joli, de beau, de féminin, et qui vous fasse plaisir.

Liz l'embrassa sur la joue, ravie.

— Merci, Vane. Vous êtes si gentil !

— Tu ne peux accepter, s'insurgea Debra. Rends cet argent immédiatement ! Monsieur Oliver, à quoi pensez-vous ? Liz n'est pas à vendre ! Elle peut parfaitement passer la journée ici sans le secours de ces billets.

Liz était au bord des larmes. Vane lui tapota la joue.

— Gardez cet argent, Liz. C'est un cadeau. Que vous le dépensiez ou non, il est à vous. C'est pour vous remercier d'avoir accepté de venir ici, permettant à Debra de travailler pour moi.

Il la serra dans ses bras un instant en lui caressant l'épaule. Liz était aux anges, Debra au paroxysme de la colère. Et cette gamine au corps épanoui qui n'avait sur le dos qu'une chemise de nuit transparente ! Elle faillit se mettre à hurler, gifler cette petite gourde qui jouait à la femme fatale. Heureusement, Vane mit un terme à cette scène scandaleuse en repoussant doucement Liz.

— Nous nous verrons plus tard, lui dit-il.

Debra le suivit à la voiture en silence. Que dire ? Liz ne l'écouterait même pas. Elle était hypnotisée par cet homme trop beau et trop sûr de lui. Mon Dieu, comme elle allait souffrir !

Dans la voiture, elle attaqua immédiatement Vane.

— Mais enfin, êtes-vous aveugle ? Ne voyez-vous pas que vous encouragez Liz ? A cause de vous, les choses ne vont pas tarder à empirer. Mon Dieu, je n'aurais jamais dû accepter de venir ici ! Pourquoi ai-je répondu à cette annonce ?

— Vous vous énervez vraiment pour rien.

— Rien ! Vous caressez Liz devant moi et je ne devrais rien dire ? Qu'essayez-vous de prouver ? Qu'on peut s'acheter une enfant avec un peu d'argent ? Pourquoi ce cadeau ? Mon Dieu, j'ai envie de hurler !

Vane la regarda d'un air calme, glacial.

— Si cela peut vous soulager, n'hésitez pas.

Comment pouvait-il être si calme tout en ayant tort ? Debra, plutôt que de crier, se mit à donner des coups de poing dans le tableau de bord. La passivité de son interlocuteur, son refus d'admettre qu'il pouvait blesser Liz, ses grands airs supérieurs, tout cela finissait par avoir raison de ses nerfs.

Ils ne se dirent plus un mot jusqu'au bureau et se séparèrent aussitôt arrivés. Debra était si agitée qu'elle eut du mal à crayonner ses esquisses. Le fait d'être convoquée par Vane n'arrangea rien. Que pouvait-il encore lui vouloir ? Elle entra dans son bureau comme une bombe, prête à mordre au besoin. La voyant dans cet état, Oliver leva les yeux au ciel.

— Vous ne m'avez rien dit de votre entrevue avec Yam Ling Kee. Avez-vous résolu le problème ?

Il donnait presque l'impression de souhaiter qu'elle eût échoué.

— Tout est en ordre. M. Ho s'est excusé et m'a assuré qu'une nouvelle livraison serait prête en temps voulu. Il m'a demandé si vous lui renverriez les pièces défectueuses.

— Elles sont en route. Je voudrais être aussi convaincu que vous du résultat de votre démarche. Ce n'est pas la première fois que nous avons des ennuis avec eux.

Debra ne put s'empêcher d'être agressive.

— Si vous n'êtes pas certain de mes capacités, monsieur, peut-être désirerez-vous m'accompagner chez ce fournisseur pour vérifier mes dires.

Vane Oliver pâlit et se raidit, comme si elle venait de l'insulter.

— Ai-je dit quelque chose qui puisse vous faire croire que je manque de confiance en vous ? tonna-t-il. Si j'avais pensé que cet emploi ne vous convenait pas, Miss Delaney, je ne vous aurais pas engagée.

— Alors pourquoi cette réserve ? rétorqua-t-elle, heureuse de le voir enfin sortir de ses gonds.

— Parce que vous êtes nouvelle ici. Vous n'avez pas encore l'expérience nécessaire.

— Il suffit d'avoir du bon sens.

Voyant qu'elle ne se calmait pas et était toujours aussi désireuse d'en découdre, Vane préféra changer de sujet.

— Mai Mai m'a dit que vous aviez marqué beaucoup d'intérêt pour ma nouvelle collection.

Debra, à l'évocation de la belle styliste, eut du mal à retenir un sentiment de jalousie. Mai Mai et Vane, Liz et Vane, il les lui fallait toutes! Comment pouvait-on s'attacher à un homme aussi peu fidèle?

— J'ai même commencé à y travailler, lui dit-elle. Accessoires, ceintures, chaussures. Voulez-vous les voir?

Oliver eut un petit geste de la main.

— Plus tard. J'ai plus urgent à faire. En sortant, priez donc Mai Mai de venir me voir.

Debra ne dit rien mais se sentit humiliée. L'avoir fait venir de si loin pour ne pas s'intéresser à ses projets lui semblait un comble. De retour dans son bureau, la jeune styliste sortit les dessins qu'elle avait esquissés la veille et les examina soigneusement. C'était très bon, trop bon pour ce M. Oliver qui la méprisait. Prise d'une rage subite, elle les déchira en mille morceaux et les jeta à la corbeille. Ce geste, au lieu de la ramener à de meilleurs sentiments, ne fit qu'accroître sa colère. Ne tenant plus en place, incapable de se mettre au travail, elle décida d'aller voir si le sous-traitant avait tenu parole.

Chez Yam Ling Kee, tout était en ordre. Dans la nuit, la nouvelle série avait été coupée et montée, déjà les brodeuses s'affairaient sur leurs aiguilles. En parlant avec M. Ho, Debra apprit que Vanoli était leur seul client de la société. Si elle le perdait, ce serait la ruine. Elle repartit rassurée.

Comme il était presque midi, elle s'arrêta, sur le chemin du retour, dans un petit restaurant où elle mangea chinois. Il était deux heures lorsqu'elle regagna le bureau.

Elle n'y était pas depuis une seconde que Vane arrivait au pas de charge.

— Où étiez-vous? hurla-t-il. J'avais besoin de vous. Vous ne devez vous absenter sous aucun prétexte!

Debra le fixa calmement.

— J'avais prévenu M. Fu. Ce n'est pas ma faute s'il ne vous a pas transmis la commission.

— J'ai bien eu le message, mais j'exige d'être tenu au courant personnellement. C'est à moi de vous dire que faire et où aller !

Debra ne comprenait pas cette fureur, cependant, elle y prenait un certain plaisir. Elle se justifia très tranquillement.

— Vous étiez occupé avec Mai Mai. Je n'ai pas voulu vous déranger.

— Ce n'est pas une excuse ! L'entretien n'était pas si privé que vous ne puissiez entrer.

L'attitude de Debra montrait trop qu'elle ne le croyait qu'à demi. Il explosa.

— Vous n'allez pas me dire que vous me soupçonnez aussi de vouloir séduire ma styliste ?

Debra prit son air le plus innocent.

— Moi ? Ai-je dit cela ? Non, ce qui m'ennuie, c'est de ne pouvoir travailler à ma guise.

— Vous êtes trop neuve dans le métier. Lorsque vous aurez plus d'expérience, vous ferez comme bon vous semble.

— Ce qui veut dire que, s'il y a un ennui durant votre absence, je ne dois intervenir qu'à votre retour ?

— Je n'ai jamais voulu dire cela ! Pourquoi mal interpréter toutes mes paroles ?

« Pourquoi être si désagréable ? » eut-elle envie de répondre. En fait, elle n'eut rien à dire car M. Fu arriva à propos.

Après le départ des deux hommes, Debra se mit à travailler, mais le cœur n'y était guère. Cette hostilité incessante, la chaleur, son inquiétude vis-à-vis de Liz, firent qu'elle ne se sentit aucun courage. Elle bâillait depuis une petite heure lorsque Vane revint, prêt pour une nouvelle dispute.

— Où sont les dessins que vous avez fait hier ? demanda-t-il tout de go.

Debra lui indiqua la corbeille à papiers.

— Là. Voulez-vous que je recolle les morceaux ?

— Comme c'est amusant ! Que font-ils là-dedans ? Etaient-ils si mauvais ? Non, je crois plutôt que vous les avez détruits par esprit de vengeance.

C'était vrai mais elle ne l'aurait pas admis pour tout l'or du monde.

— Ils n'étaient pas bons. Je vais retravailler avant de vous les soumettre à nouveau.

— Vous ferez bien ! C'est surtout pour ça que je vous ai engagée. J'étais si heureux d'apprendre que vous aviez commencé à dessiner. Ne me laissez pas tomber, Debra, j'ai trop besoin de vous, ajouta-t-il plus doucement.

Il était déjà à la porte, la main sur la poignée.

— Je m'en vais maintenant, annonça-t-il. A ce soir.

Debra pensa immédiatement à Liz.

— Vous allez à la villa ?

Elle connaissait déjà la réponse.

— La journée est longue, pour une enfant seule, murmura-t-il.

— Alors, pourquoi ne pas vous dépêcher de trouver ce précepteur que vous m'aviez promis ? Liz serait occupée, ainsi, et vous n'auriez pas besoin de jouer à la nounou.

Vane grimaça un vague sourire moqueur.

— Vous êtes jalouse, Debra, chantonna-t-il. Vous devriez surveiller vos yeux quand vous me parlez, ils vous trahissent.

Avant qu'elle n'ait réagi, il était sorti en riant.

4

En arrivant à la villa, Debra reçut un choc. Liz et Vane étaient sortis et ne seraient de retour que tard. Les choses allaient si vite qu'elle n'arrivait plus à les contrôler.

Elle n'arriva pas à se détendre et toucha à peine aux plats délicieux que lui présenta l'admirable cuisinier de Vane. Trop énervée pour rester en place, elle alla se promener dans le jardin, le regard tourné vers le porche, espérant à chaque instant voir apparaître la voiture de Vane. Où pouvaient-ils bien être ?

Ce n'était pas tant l'inexpérience de Liz qui l'effrayait que la façon dont Vane semblait traiter les femmes. Debra ne cessait de se reprocher d'avoir accepté cet emploi. Dire qu'elle avait été si heureuse d'être engagée par Vanoli ! Comment tout cela allait-il se terminer ?

A onze heures, elle attendait toujours. Liz n'était jamais sortie si tard ! Pourvu que rien de fâcheux ne fût arrivé.

Il était minuit largement passé, lorsqu'elle entendit enfin la voiture arriver. Elle était au salon, dans l'obscurité. D'un bond, elle fut debout et alluma une lampe. Ramassant un magazine, elle l'ouvrit, alla s'asseoir dans un canapé, fit semblant de lire. La porte ne tarda pas à s'ouvrir sur une Liz transportée de joie.

— Debra ! Mais il ne fallait pas attendre.

La jeune fille était rayonnante, l'image parfaite du bonheur.

— Je ne vous attendais pas, mentit Debra. Je lisais. C'était si passionnant que je n'ai pas vu l'heure passer.

Vane, qui avait suivi Liz dans le salon, lui prit le journal des mains et le retourna.

— Vous êtes très forte, lui dit-il, caustique, ce doit être dur de lire à l'envers.

Debra haussa les épaules, nullement gênée de s'être fait prendre à mentir.

— Bon, j'attendais. N'était-il pas naturel que je sois inquiète ? Je ne savais pas où vous étiez.

— Liz est en sécurité avec moi ! protesta Vane.

— Evidemment, dit celle-ci, accrochée au bras de Vane, le regard vissé à celui de son cavalier. Nous sommes allés à l'opéra, puis au restaurant. C'était divin !

Ce qui avait dû surtout être divin, songea Debra, c'est ce bel homme auquel elle se collait d'une façon provocante. Plus ils se voyaient, plus Debra avait raison de s'inquiéter. Pour lui, c'était un jeu, mais pour elle ? Qu'adviendrait-il de Liz lorsqu'il serait lassé ? Elle décida d'attendre le lendemain pour en parler avec sa jeune amie. Ce soir, celle-ci était encore sous le charme, on ne pourrait rien en tirer de bon.

— Je suis heureuse que tu te sois amusée, Liz, mais maintenant il faut aller te coucher. Il est bien tard.

La petite n'osa protester mais chercha un allié en Vane. Curieusement, celui-ci abonda dans le sens de Debra.

— Debra a raison, pour avoir un joli teint, il faut dormir longtemps.

Il l'embrassa sur le bout du nez et la poussa vers la porte.

— Bonsoir, petite fée, faites de beaux rêves.

Liz sortit à regret mais sans mot dire. Le fait que Vane ait insisté lui en imposait.

A peine avait-elle franchi la porte que Debra se tourna vers lui.

— Que signifie cette sortie ? Vous n'avez pas le droit d'ignorer ce que je dis ! C'est quand même moi qui ai la charge de cette enfant.

Plein de morgue et de calme, l'œil rieur, Vane la contempla.

— Que diriez-vous d'un dernier verre ? proposa-t-il, comme si de rien n'était.

— Ne changez pas de sujet !

Debra avait presque crié mais Vane eut l'air de ne pas l'entendre. Lentement, il emplit deux verres, lui en tendit un et avala l'autre d'une gorgée. La jeune femme ne savait plus que dire. Comment se faire comprendre d'un tel homme ? De plus, il semblait bien se moquer d'elle !

— Vous n'avez tout de même pas la prétention de n'en faire qu'à votre tête ? poursuivit-elle, la voix tendue. Comptez-vous vraiment continuer ce jeu malgré mes avertissements ?

Vane haussa légèrement les épaules et alla s'adosser au manteau de la cheminée, les yeux mi-clos, gracieux et dangereux comme un fauve.

— Pourquoi lui refuserais-je ce plaisir ? Ces sorties lui plaisent, lui font oublier son chagrin.

— Elle est trop jeune ! Mon Dieu, je ne savais pas que vous aimiez les petites filles !

Vane leva les yeux au ciel, comme pour le prendre à témoin de l'insanité des propos de Debra.

— Vous vous trompez tout à fait. Nous sommes amis, rien de plus. Je l'aide simplement à reprendre goût à une vie normale.

— Le croyez-vous vraiment ? Si c'est le cas, vous êtes encore plus fou que je ne croyais.

Debra avait perdu toute mesure ; elle insultait son employeur ! Qu'il la renvoie, c'était ce qui pouvait arriver de mieux !

Imperturbable, le sourire toujours aux lèvres, il prit un ton protecteur pour répondre à l'offense.

— Vos préjugés vous gâtent le caractère, Debra.

— Mais enfin, ne voyez-vous pas ce qui va advenir ? Je vous en prie, laissez la pauvre Liz tranquille avant qu'il ne soit trop tard !

Son regard se fit dur ; il ne put s'empêcher de laisser voir son agacement.

— Préféreriez-vous que je porte mon attention sur vous ? Cela vous rendrait-il plus aimable ?

Debra le dévisagea, hors d'elle. Légèrement penché en avant, il l'observait, un drôle de petit sourire aux lèvres. Sa bouche ! Le souvenir d'un certain baiser, la veille, dans le jardin, revint à la mémoire de la jeune fille. Ses joues s'embrasèrent. Cet homme la bouleversait plus qu'elle ne voulait l'admettre.

— Cela me révolterait, parvint-elle à articuler avec difficulté.

Vane fit un pas vers elle, les sourcils soudain froncés.

— Vous parlez bien, ma petite Debra, mais j'ai une furieuse envie de vous prouver que vous mentez.

— Si vous me touchez, je...

Que ferait-elle ? Crier ? Quel avantage en retirerait-elle ? Liz arriverait en courant et ce serait le drame.

— J'attends, dit-il doucement. Que ferez-vous ? Frapper, mordre, vous battre ? Qui sait, cela vous plairait peut-être ?

— Me plaire ?

Debra arriva à donner à sa voix un ton de dédain qui le fit pâlir.

— Lorsqu'un homme m'embrasse, c'est parce que je le veux bien. Je n'aime pas être forcée.

— Je n'avais pas dans l'idée de vous forcer.

Il avait avancé encore. Il se dégageait de lui un magnétisme qui troubla Debra à l'extrême. Elle en venait presque à souhaiter qu'il mît ses menaces à exécution. Son souffle s'accéléra, son cœur se mit à battre plus vite, elle recula pour se tenir hors de portée.

— Vous ne pouvez me toucher que par la force, et vous le savez. Je suis désolée, Vane, mais je ne suis pas une fille facile. Cela doit vous causer un choc, vous n'avez pas l'habitude d'être repoussé, mais c'est ainsi.

En parlant, elle avait détourné les yeux, incapable de soutenir ce regard et le message qu'il convoyait. Il était facile de comprendre l'état de Liz. Vane avait un charme ravageur auquel peu de femmes pouvaient résister. Pour une gamine aussi peu expérimentée que Liz, il représentait l'image même du Prince Charmant.

— En fait, continua-t-elle, la voix légèrement tremblante, vous me dégoûtez. Vous ne dissimulez pas vos désirs, et la façon dont vous courtisez une enfant innocente comme Liz est la pire des choses.

Une fureur soudaine remplaça le sourire moqueur de Vane, une rage qui transforma son visage en masque de pierre.

— Je ferais attention à ce que je dis, si j'étais vous, Debra.

Un frisson de peur la parcourut, mais, courageusement, elle se redressa, le menton relevé, volontaire.

— La vérité vous gêne ? Ne pouvez-vous la supporter ? Personne ne vous l'a jamais criée en face ? On devait sans doute vous craindre, mais moi je n'ai pas cette frayeur. Ce que vous pensez m'importe peu. Liz est mon amie, je ne vous laisserai pas la corrompre. Je...

Debra ne put aller plus loin. Il l'avait prise aux épaules et la secouait violemment.

— C'est assez, Debra ! Je ne désire pas en entendre plus, comprenez-vous ?

La jeune femme avait passé le point de non retour, sa colère lui cachait la petite flamme qui brillait dans les yeux de Vane et qui lui criait « attention ! »

— Vous ne m'empêcherez pas de dire ce que je veux ! Si mes paroles vous déplaisent, sortez prendre l'air. J'ai encore beaucoup de choses sur le cœur, je n'en ai pas fini avec vous. Il y a longtemps que quelqu'un aurait dû avoir le courage de vous apprendre ce que vous êtes réellement, de dégonfler votre égoïsme monstrueux. Je vais me faire le plaisir d'être celle-là.

Le choc de sa bouche sur la sienne l'empêcha d'aller plus loin. L'effet que ce baiser volé produisit sur Debra n'avait que peu de rapport avec ce qui s'était produit la veille. Tout, soudain, chavira autour d'elle. Debra se sentit transportée. Il se dégageait de Vane une puissance incroyable, et il était presque impossible de lui résister.

Ses lèvres lui faisaient mal, elle avait l'impression qu'il allait l'étouffer, pourtant elle ne put se défendre, entièrement soumise au désir qui naissait en elle. Malgré sa honte, elle ne put s'empêcher de répondre à ces baisers.

Il la lâcha aussi soudainement qu'il l'avait prise, le souffle un peu court, le regard victorieux.

— Avez-vous fini de m'insulter ? demanda-t-il. Maintenant, vous savez ce qui vous attend la prochaine fois que vous me manquerez de respect.

Debra se laissa tomber sur une chaise, incapable de parler, de réagir. A sa grande surprise, sa colère était tombée. D'une main un peu tremblante, elle saisit son verre et le but d'un trait. Vane la regardait, moqueur.

— Croyez-vous pouvoir regagner votre chambre par vos propres moyens ou désirez-vous de l'aide ?

Ce sarcasme rendit ses esprits à Debra. Rouge de confusion, elle se leva d'un bond et sortit du salon, consciente de ces yeux ironiques qui la suivaient.

Arrivée dans sa chambre, elle ferma soigneusement la porte et alluma la lampe. Elle n'avait qu'une envie : se coucher, dormir et oublier sa faiblesse. Se retournant, elle aperçut Liz, assise sur son lit et qui semblait l'attendre.

— Que veux-tu ? lui demanda-t-elle sèchement.

Ce n'était vraiment pas le moment d'avoir une discussion sérieuse. Demain peut-être, lorsqu'elle aurait retrouvé son sang-froid.

— Que faisais-tu ? demanda Liz. Tu as vu tes lèvres !... As-tu embrassé Vane ?

Ses grands yeux bleus brûlaient de jalousie.

Debra se regarda dans un miroir. Sa bouche, là où Vane l'avait embrassée, était toute meurtrie.

— Non, c'est lui qui m'a forcée. Voilà le genre d'homme que c'est, Liz. J'espère que tu vas enfin te rendre compte que ce n'est pas une personne fréquentable.

— C'est toi qui l'as provoqué ! cria la jeune fille.

Elle s'était levée et faisait face à Debra.

— Que lui as-tu dit, qu'as-tu fait pour qu'il en arrive là ? Tu l'as cherché ! Vane n'est pas homme à mal se conduire.

Debra, pour calmer sa jeune amie, voulut la prendre dans ses bras. Elle protesta.

— Non, Liz, ce n'est pas du tout ce que tu penses.

Liz se dégagea, les yeux chargés de haine. Jamais Debra ne l'avait vue dans un tel état.

— Tu essaies de me le prendre ! se mit-elle à hurler. Tu es jalouse, jalouse parce qu'il s'intéresse plus à moi qu'à toi.

— Liz, voyons...

Mais la jeune fille était déchaînée, elle ne pouvait plus se contenir.

— Tu n'y arriveras pas ! Il m'aime, il m'a dit que j'étais différente des autres femmes. Et il me traite avec respect, moi ! Il ne m'embrasserait pas ainsi.

Debra poussa un soupir de soulagement. Dans tout ce gâchis, enfin une bonne nouvelle ! D'une voix douce, elle questionna son amie.

— T'a-t-il dit qu'il t'aimait ?

Elle avait posée cette question sans quitter Liz des

yeux, anxieuse de connaître la vérité. L'adolescente secoua légèrement la tête.

— Pas vraiment, mais je le sais, je le sens.

— Tu as trop d'imagination. Vane est gentil avec toi parce qu'il a de l'amitié pour toi, ton chagrin lui faisait de la peine, c'est tout. Ce n'est pas de l'amour et ce ne le sera jamais, tu es trop jeune pour un homme comme lui.

— Que tentes-tu de me faire comprendre ? Qu'il préférerait une femme comme toi ?

La voix de Liz tremblait de haine et de passion mal contenues. Debra sentit son cœur se serrer.

— Pas du tout, murmura-t-elle. Je ne suis pas son genre et je n'aime pas le sien. C'est mon patron, rien de plus. Il n'y a et il n'y aura jamais rien entre nous.

Liz sembla la croire. D'une voix plus calme, elle questionna :

— Pourquoi t'a-t-il embrassé, alors ?

— C'est un peu ma faute, avoua franchement Debra. J'étais en train de lui dire tout ce que j'avais sur le cœur au sujet de sa conduite avec toi, et il semble qu'il ait trouvé seulement ce moyen pour me faire taire. J'ai l'impression que ce Monsieur n'aime pas qu'on lui dise ses quatre vérités.

— Mais pourquoi t'embrasser ?

— Je te l'ai dit, pour que je cesse d'être désagréable !

Liz était profondément choquée.

— Cela t'a-t-il au moins fait plaisir ?

La curiosité l'emportait sur le chagrin.

— Ai-je vraiment l'air de m'être amusée ? rétorqua Debra, amère. J'aime les hommes doux, pas les brutes.

Cette répartie eut le don d'amener un sourire sur le visage pâle et défait de Liz. Celle-ci vint naturellement se réfugier dans les bras de son amie. Debra poussa un gros soupir.

— Fais bien attention à toi, Liz. Ne confonds pas l'amitié de Vane avec un autre sentiment.

Vaines paroles ! Liz était fascinée par cet homme,

folle d'amour comme on peut l'être à dix-sept ans. Debra sentit son cœur se serrer à l'idée de ce qui attendait cette gamine. Comment réagirait-elle en s'apercevant que Vane ne l'aimait pas ?

Debra n'était que de cinq ans l'aînée de Liz et cela rendait les choses encore plus difficiles. Comment se faire obéir lorsqu'on a vécu ensemble si longtemps et qu'on n'a pas le bénéfice d'un grand âge ? La jeune fille eut toutes les peines du monde à s'endormir. Son sommeil fut agité de cauchemars nombreux et terribles.

Le lendemain matin, Debra, en se levant, se demanda comment elle trouverait le courage d'affronter Vane. Cet homme, à n'en pas douter, se jouait d'elle comme il se jouait de Liz. Il savait l'effet qu'il produisait sur chacune d'elles. Avant de se rendre à la salle à manger, Debra passa la tête dans la chambre voisine. Liz, sa chevelure blonde répandue sur l'oreiller, dormait profondément, un sourire enfantin sur les lèvres ; un vrai bébé. Malheur à Vane Oliver s'il la blessait !

Il n'y avait personne dans la salle à manger, mais la jeune fille se rendit compte que Vane était passé par là. De peur d'être en retard, elle avala son café brûlant. Elle reposait sa tasse lorsqu'il fit son entrée, frais et dispos, prêt à se rendre au bureau.

— Bonjour, Debra, avez-vous fini ?

— Je suis prête, monsieur.

Il semblait d'excellente humeur, ce qui fit plaisir à Debra. Elle ne désirait pas que le genre de discussion de la veille se reproduise. Cependant, elle se garda bien de toute familiarité, ne cessant de se répéter qu'il était son patron, rien de plus. Pourtant, le fait d'être si proche de lui la bouleversait...

Le baiser brutal de la veille avait ouvert les yeux de Debra. Elle ne pouvait plus se mentir. Il émanait de cet homme un charme qui l'attirait vers lui. Il fallait absolument qu'elle se tienne à distance, qu'elle l'éloigne d'elle. D'autant que Debra avait la certitude de n'être rien pour lui. Il l'avait embrassée pour la faire taire, et à aucun prix elle ne devait se laisser aller à rêver comme Liz.

Tournant légèrement la tête, elle le vit qui l'observait en souriant, comme s'il lisait en elle à livre ouvert. Furieuse d'être devinée aussi facilement, la jeune femme se raidit et s'efforça de regarder devant elle, à travers le pare-brise, feignant le plus grand intérêt pour la circulation et ses tracas.

Au moment où ils arrivaient devant l'immeuble de Vanoli, Vane rompit enfin le silence.

— Liz et moi dînons ce soir sur un restaurant flottant, à Aberdeen, aimeriez-vous vous joindre à nous ?

Debra sentit son sang se glacer.

— Pas particulièrement. Je ne tiens pas à jouer au chaperon. Bien que je n'approuve pas cette sortie.

Vane arrêta sa voiture au bord du trottoir. Comme Debra faisait mine d'en sortir, il la retint d'un geste en lui posant la main sur l'épaule. Ce contact fit frémir la jeune fille.

— En venant, vous pourriez vous rendre compte qu'il y a une simple amitié entre nous.

— Ce n'est pas ce que Liz semble penser, répondit-elle, glaciale.

Il haussa les épaules, impatienté.

— Raison de plus pour vous joindre à nous. C'est d'accord ?

Se penchant sur elle, il déposa un petit baiser sur sa joue, à peine un effleurement. L'effet en fut, sur Debra, d'une telle intensité qu'elle resta sans voix, incapable de réagir, de parler encore moins. Jamais elle n'avait ressenti une impression aussi forte. Son sang se mit à battre contre ses tempes, elle crut un instant qu'elle allait s'évanouir. Et elle qui proclamait partout que cet homme n'était rien pour elle !

Vane eut un petit sourire entendu. Mieux que quiconque il s'apercevait de l'état dans lequel il mettait Debra. Il profita de son avantage.

— Allons, murmura-t-il en lui passant lentement un doigt sur les lèvres, dites que vous viendrez.

Sa voix était d'une douceur infinie. A cet instant, Debra aurait accepté n'importe quoi. Son charme avait-il le même impact sur Liz ? Un frisson de panique envahit soudain la jeune fille. Elle devait protéger son amie de cet homme au regard magnétique !

N'osant parler, elle accepta l'invitation d'un signe de tête. Il sourit en retour, un sourire chaleureux qui alla droit au cœur de la jeune femme. Comme elle était vulnérable !

Dans l'ascenseur, sans se préoccuper des regards étonnés des autres passagers, il se tint si près de Debra qu'elle en fut gênée. Elle n'osait le regarder, penser à ce qui risquait de se passer entre eux.

Ils atteignirent enfin le dernier étage. Là, un M. Fu, très agité, se précipita sur Debra, si troublé qu'il mélangeait l'anglais et le chinois. Il fallut plusieurs minutes pour que la jeune styliste comprenne ce qu'il voulait dire.

— Il y a des ennuis chez Chung Yin, Miss Delaney, il faut y aller tout de suite.

Vane prit le poignet de Debra et l'entraîna de nouveau vers l'ascenseur.

— Venez, je vous accompagne.

Dans le hall, la jeune fille dut courir pour rester à sa hauteur.

— Avez-vous souvent de tels ennuis ? demanda-t-elle légèrement essoufflée.

— Trop souvent à mon goût ! Maintenant, commencez-vous à comprendre pourquoi j'avais tant besoin de vous ? Pourquoi vous êtes si importante pour ma firme ?

Cet aveu fit du bien à Debra, lui insuffla une furieuse envie de réussir dans sa tâche.

M. Fu ne leur avait pas donné de détails sur ce qui les

attendait. Il devait s'agir d'une erreur semblable à celle commise par Yam Ling Kee. Vane semblait penser de même.

Le propriétaire de l'atelier les attendait sur le seuil.

— Nous avons été inondés, se lamenta-t-il en levant les bras au ciel. Toute la marchandise est perdue.

Par l'intermédiaire de Debra, Vane questionna l'homme.

— Comment cela est-il arrivé?

Quelqu'un avait oublié de fermer un robinet, leur expliqua-t-on.

— Nous avons découvert le désastre ce matin. Je suis désolé, vraiment désolé.

En traversant les ateliers, Debra et Vane purent mesurer l'étendue des dégâts. L'eau avait coulé du premier étage : toutes les pièces de soie et les vêtements terminés étaient irrémédiablement gâtés. Le visage de Vane était noir de colère ; il se mit soudain à hurler.

— Mais qu'est-ce que c'est que cette entreprise ! Personne ne vérifie donc rien?

Le propriétaire ne savait plus où se mettre.

— C'est la première fois qu'une chose pareille arrive, plaida-t-il. Je suis certain que nous pouvons réparer cet ennui si vous nous fournissez à nouveau du tissu.

Lorsque Debra traduisit, Vane faillit exploser de rage.

— Dites-lui que je ne veux plus rien avoir à faire avec lui ! Je ne suis plus son client. De plus, j'exige qu'il me rembourse le matériel qu'il a détruit par négligence.

L'homme, sans qu'on ait besoin de lui traduire, avait déjà compris. Il supplia, tenta en vain de faire revenir Vane sur sa décision. Sans succès. Debra était désolée pour le petit homme, mais elle n'eut pas plus de chance que lui. Dans l'état de fureur où se trouvait Vane, rien ni personne ne pouvait le fléchir.

Le retour se passa dans le plus profond silence. De

temps à autre, Vane laissait échapper un soupir excédé. Debra ne l'avait jamais vu dans un tel état.

A peine arrivée, la jeune fille alla s'enfermer dans son bureau pour y travailler en paix aux dessins qu'elle avait promis à Vane. Lorsqu'elle eut terminé, elle n'osa pas aller le déranger de peur de le trouver encore de méchante humeur. Elle préféra voir M. Fu qui lui communiqua la liste de tous les sous-traitants. Elle la recopia soigneusement dans l'intention d'aller tous les visiter.

Vers cinq heures, Vane vint la trouver.

— Etes-vous prête ?

Il n'avait pas encore retrouvé son calme. Pour Debra, ce n'était pas bon signe, la soirée risquait d'être dure à supporter. Dans la voiture, il la questionna.

— Fu Ju Wen m'a dit que vous lui aviez demandé la liste de nos fournisseurs ; pourquoi ?

— Je pensais leur rendre visite, dès que j'aurais une voiture à ma disposition. Il vaut mieux prévenir que guérir, et ce sera un moyen de vérifier que le travail se fait normalement.

Cette réponse sembla le remettre d'aplomb.

— Bien, c'est exactement ce qu'il faut faire. M. Fu a commandé votre voiture, mais il vous faudra attendre encore quelques jours pour la recevoir. En attendant, vous pouvez prendre la mienne. Mieux, je viendrai avec vous.

Debra aurait préféré s'en occuper seule. Elle n'avait pas envie de passer de longues heures avec Vane.

— J'ai fini les dessins, annonça-t-elle dans l'espoir qu'il reste le lendemain au bureau pour les étudier.

— Très bien ! Je les regarderai aussitôt que possible. A moins que vous ne les déchiriez de nouveau...

Il l'avait regardé en souriant, et elle se sentit rougir.

— J'essaierai de ne pas recommencer, répondit-elle à voix basse.

A la villa, Debra trouva Liz fiévreuse. Elle était pâle et abattue, encore au lit.

— Mon Dieu, chérie, que se passe-t-il ?

— Rien, répondit la jeune fille, soudain hostile. Laisse-moi tranquille.

Liz avait dû passer sa journée à penser à l'incident de la nuit dernière ; elle en voulait au monde entier, surtout à Debra. Celle-ci fit comme si elle ne s'apercevait de rien.

— Je vais te chercher de l'aspirine. As-tu mangé ?

— Non. Je veux voir Vane. Va le chercher.

— Ici ? Tu n'y penses pas ! Si tu désires lui parler et que tu t'en sentes le courage, habille-toi et viens nous rejoindre au salon.

Liz ne voulait rien savoir. Elle se mit à sangloter ; un véritable caprice de gamine. Debra, prête à céder, n'eut pas à se donner la peine d'aller chercher Vane. Entendant les cris, il vint voir ce qui se passait. Lorsqu'il trouva Liz encore couchée, il sembla inquiet.

Debra, bien qu'elle n'en eût aucune envie, préféra les laisser seuls. Peut-être Vane arriverait-il à calmer son amie. Pensant que le dîner était annulé, elle ne se changea pas. Assise au salon, elle attendit que Vane lui apporte des nouvelles de la santé de Liz. Elle était passablement inquiète.

Vane arriva enfin, et Debra se leva, le regard interrogateur.

— Ce n'est rien, annonça-t-il. Un léger mal d'estomac. C'est courant ici. La pauvre petite a passé la journée au lit en refusant que Lin Dai nous téléphone.

— Je vais aller la voir.

Debra était bouleversée. Vane secoua la tête.

— Elle dort maintenant. Le médecin lui a donné un somnifère. Il ne faut pas la déranger. Elle ira mieux demain.

— Je ne comprends pas pourquoi elle ne m'a rien dit.

Elle m'a affirmé qu'elle allait bien. Pourquoi m'avoir menti ?

— Pour ne pas gâcher votre soirée au restaurant, sans doute.

Debra était stupéfaite.

— Vous ne pensez tout de même pas que nous allons sortir, alors que Liz est malade ? C'est impensable !

— Elle ne s'en apercevra même pas. Elle va dormir comme un bébé. Allons, habillez-vous, sinon nous serons en retard.

— Mais c'est impossible !

Vane se fâcha soudain.

— Si, c'est très possible. Allez vous changer, ou je vais m'en charger moi-même !

Il en était fort capable ! Debra se précipita dans sa chambre. Passant la tête par la porte, elle vit que Liz dormait, ce qui la rassura.

Elle choisit, pour cette sortie, une robe qui n'aurait pas déparé la collection de son employeur, un fourreau crème entièrement brodé et plissé. C'était une toilette qu'elle portait pour la première fois, un vêtement au-dessus de ses moyens, mais elle n'avait pu s'empêcher de l'acquérir tant il était joli. Habillée ainsi, Debra se sentait autre, plus sophistiquée, plus femme.

Ce fut également l'impression de Vane quand il la vit entrer au salon. Il la couvrit d'un regard admiratif, et, lui tendant la main, la fit tourner lentement.

— Etonnant, murmura-t-il. C'est parfait !

Son œil de professionnel détailla la robe comme s'il s'agissait d'une de ses créations.

— Vous venez de me donner une idée, Debra ! Je vais dessiner une collection pour les petites femmes. C'est un créneau du marché qui est encore à prendre. J'ai envie d'y mettre une touche d'exotisme, quelque chose d'oriental. Je l'appellerai « Hong Kong » !

Son enthousiasme était communicatif, et Debra se passionna immédiatement pour l'idée.

— Ce serait merveilleux, Vane ! Il y a réellement un besoin sur le marché. Je n'arrive jamais à trouver quelque chose qui m'aille. Même ce modèle a dû être retouché.

Vane dévorait la robe des yeux. On voyait que son imagination travaillait déjà. Il finit pourtant par se secouer.

— Je pourrais m'y mettre dès maintenant et y passer toute la nuit ; mais il vaudrait peut-être mieux que nous commencions par dîner.

Pour arriver jusqu'à Aberdeen, il leur fallut traverser l'île, passer devant des immeubles locatifs gigantesques, véritables clapiers où des milliers de gens s'entassaient, longer plusieurs cimetières installés sur les collines et un nombre incalculable de baraques de planches et de bambous. Ils atteignirent enfin le port de pêche, avec sa multitude de sampans et de jonques, ses maisons flottantes.

Les restaurants s'alignaient sur la mer, éclairés par d'énormes enseignes au néon qui faisaient rutiler leurs toits en forme de pagodes. Tout autour, c'était la ronde incessante des sampans qui assuraient le passage depuis la terre ferme. Debra, un peu étourdie par le spectacle qui s'offrait à sa vue, se laissa conduire par la main jusqu'à une barque qui attendait.

Une vieille Chinoise souriante, habillée du large pantalon noir local et d'un bourgeron assorti, les emmena à grand renfort de rames jusqu'au *Sea Palace*, l'un des restaurants flottants les plus connus d'Aberdeen.

Des milliers d'ampoules électriques, serrées comme des perles sur un rang, éclairaient l'embarcadère du restaurant, donnant à l'ensemble un air de fête.

Debra était folle de joie de se retrouver enfin dans une ambiance qui était toute son enfance. Dès leur arrivée, elle oublia complètement Liz et son malaise pour ne se consacrer qu'au plaisir de cette soirée magnifique. En attendant une table, ils contemplèrent les eaux noires et l'agitation qui y régnait.

— On m'a dit un jour que quatre-vingt-quinze pour cent des habitants de Hong Kong vivaient sur l'eau.

— C'est bien possible, répondit Vane en riant. C'est incroyable de voir tant de monde en si peu d'espace. Ce port est une véritable ville au bord de la ville.

— Même les marchands sont équipés de bateaux et passent parmi les jonques, renchérit Debra. Cela évite à ces gens d'avoir à descendre à terre.

Comme ils mouraient de faim, l'annonce qu'une table était libre les combla d'aise. Pendant le dîner, ils parlèrent peu, tout au plaisir de ce qu'ils dégustaient. Pour commencer, on leur servit du canard à la pékinoise dont la peau laquée était un mets délicieux en soi, surtout trempée dans une sauce épicée et enveloppée de petites crêpes blanches à la pâte de riz. La chair du canard, finement émincée, constituait la suite. On la leur servit revenue avec des légumes et des champignons parfumés. Pour finir, ils se régalèrent d'un consommé d'abattis de canard, d'une finesse extraordinaire. Le tout avait été arrosé de thé au jasmin brûlant. Debra et Vane aurait bien voulu essayer les mille plats qui composaient la carte du restaurant, mais ils ne le purent, ils étaient repus. Pour se consoler, ils s'amusèrent à observer les plats qui passaient, essayant d'en deviner les noms.

Ils prirent le chemin du retour calmes et détendus. Jamais Debra ne s'était sentie aussi bien auprès de Vane. Oubliés les ressentiments, les disputes, son caractère autoritaire. Même lorsqu'il s'arrêta à Repulse Bay, l'une des plages les plus belles de l'île, la jeune femme ne s'inquiéta pas. Il n'était pas trop tard, Liz devait encore être sous l'effet des somnifères et Lin Dai avait promis de passer de temps en temps voir dans sa chambre si tout allait bien.

La plage était un mince croissant de sable fin adossé

aux collines vertes. La pleine lune la faisait briller comme sur une illustration de catalogue d'agence de voyages. C'était presque trop parfait pour sembler réel. Des souvenirs affluèrent en masse dans la mémoire de Debra.

— C'est ici que je venais nager lorsque j'étais enfant, dit-elle à Vane.

— Voulez-vous que nous nous baignions ? proposa-t-il, rieur, en faisant mine d'enlever sa veste.

— Une autre fois, peut-être.

Elle avait posé sa main sur la poitrine de Vane. Il la lui prit doucement et l'attira à lui. L'instant était parfait, la lune, les vagues qui venaient mourir sur la plage, l'odeur de la végétation que la brise apportait jusqu'à eux, la touche d'exotisme donnée par la ville flottante, dans le lointain. Debra sentit le cœur de son compagnon battre à l'unisson du sien.

— Quelle merveilleuse nuit ! s'exclama-t-elle en s'efforçant de prendre un ton léger.

Il lui fallait absolument rompre le charme, se dégager de ces bras musclés, autrement elle était perdue. Devinant son intention, il la serra un peu plus fort.

— Vane, lâchez-moi !

Debra était plus effrayée par ses sentiments que par son compagnon. En même temps, elle avait honte d'être si faible envers lui, surtout après l'incident de la veille. Quand comprendrait-il qu'elle n'aimait pas être forcée ? Elle aurait dû se fâcher, lui déclarer sa haine. Au lieu de cela, elle ne bougeait pas, à l'écoute de son cœur, tremblante.

— Vous ne pensiez tout de même pas que je vous ramènerai directement à la villa, lui dit-il soudain d'un ton moqueur.

Il feignait de plaisanter, mais Debra eut l'impression qu'il était très sérieux, que c'était sa façon ordinaire de se comporter avec les femmes. Avait-il traité Liz de la même manière ? Cette pensée la glaça.

— Si, je le croyais vraiment. Je veux rentrer, Vane, et m'assurer que Liz va bien.

— Vous avez peur ? Ne m'aimez-vous pas un tout petit peu ?

Bien que la jeune femme mourût d'envie de lui dire ce qu'elle pensait réellement de lui, elle se contint. La soirée avait été trop belle, il ne fallait pas la gâcher par une nouvelle dispute.

— Je n'en sais rien. Je n'ai encore jamais rencontré quelqu'un comme vous.

— Je le sais. Vous pensez que je m'amuse de Liz, vous me haïssez pour cela, mais vous ne pouvez vous empêcher d'être quand même attirée.

Debra essaya furieusement de se libérer.

— Lâchez-moi ! Vous êtes l'homme le plus odieux, le plus arrogant que je connaisse.

— Pourquoi vous fâcher ? Savez-vous que vous êtes, vous, absolument fascinante ?

— Vane, je veux rentrer ! Etait-il vraiment nécessaire de nous arrêter ici ?

— Non, mais c'eût été dommage de ne pas profiter de cette belle nuit, de cet endroit de rêve.

En cela il avait raison, mais pourquoi alors détruire cet enchantement en se conduisant aussi brutalement ? Debra soupira, dépitée. Pendant une partie de la soirée elle avait réellement cru que Vane s'était amendé, qu'elle pouvait enfin lui faire confiance ; malheureusement, il n'en était rien.

— Ce site est merveilleux, approuva-t-elle ; mais maintenant que nous l'avons vu, il faut rentrer.

— Nous avons encore le temps, la nuit est à nous.

Un couple d'amoureux enlacés passa à cet instant devant eux.

— Voilà un exemple admirable que nous devrions suivre, affirma Vane péremptoire.

Lui prenant le menton avec douceur, il la força à lever la tête et l'embrassa. Cette fois, il se montra d'une tendresse bouleversante, et Debra se sentit chavirer. Sa volonté annihilée, les yeux clos, elle se laissa faire, allant même jusqu'à passer ses bras autour de son cou.

Ils restèrent ainsi un long moment. Debra aurait voulu que cet instant de pur bonheur ne cesse jamais ; aussi, lorsqu'il la repoussa lentement, tomba-t-elle de haut.

— Pour quelqu'un qui n'aime pas les baisers, dit-il en riant, vous vous montrez remarquablement coopérative...

Debra se raidit sous l'insulte et contre-attaqua aussitôt.

— Avais-je le choix ? Comme de coutume, vous prenez sans vous soucier des autres. Vous ne connaissez que votre bon plaisir. Vous ne savez utiliser que votre force.

Vane avait fait un pas en arrière. Lorsqu'il répondit, ce fut d'une voix blanche de rage.

— Vous avez de la chance d'être une faible femme ! Autrement, je serais capable de vous frapper.

— Vous n'appréciez décidément pas la franchise, se moqua-t-elle.

— Taisez-vous ! ordonna-t-il, hors de lui.

Il l'avait agrippée aux épaules et la secouait brutalement. Le fait de s'être laissée aller dans ses bras rendit Debra plus furieuse encore.

— Lâchez-moi ! cria-t-elle. Ne posez plus jamais la main sur moi !

Il obéit si brusquement qu'elle en perdit l'équilibre et se retrouva assise dans le sable.

Sans plus s'occuper d'elle, Vane se dirigeait déjà vers sa voiture. Debra dut courir derrière lui.

Le retour s'accomplit dans un silence lourd. Cette soirée, qui avait si bien commencé, se terminait de la façon la plus déplaisante possible.

5

Vane, le lendemain matin, quitta la villa pour le bureau sans Debra. Lorsqu'elle se leva, il était déjà parti. La jeune fille avait passé une nuit horrible.

Liz dormait encore, d'un sommeil agité, et Debra hésita à rester auprès d'elle. Lin Dai l'ayant assurée qu'elle veillerait sur la malade, Debra se dépêcha d'aller prendre le funiculaire.

Le sommet du Peak était noyé de brume dans l'air matinal glacé. Cette fraîcheur fit du bien à Debra, lui remit les idées en place. Arrivée à destination, elle voyait les choses sous un jour beaucoup moins noir qu'à son réveil.

Ce fut seulement en pénétrant dans son bureau que la jeune styliste se souvint que Vane devait l'accompagner dans sa tournée. Cette pensée lui fit passer un frisson dans le dos. S'il était d'aussi mauvaise humeur que la veille, ça allait être l'enfer ! Aussi, lorsque M. Fu lui annonça que son patron avait laissé la voiture et était parti pour la journée, faillit-elle bondir de joie.

Vane, lui expliqua-t-on, avait pris le métro pour se rendre sur le continent, à Kowloon. Ce chemin de fer souterrain était tout nouveau, et Debra n'y était jamais montée. Un court instant, la jeune fille regretta de ne pas avoir pu accompagner Vane, regret que le souvenir cuisant de la veille adoucit fortement.

L'énorme voiture de Vane lui demanda un certain temps d'accoutumance mais elle arriva rapidement à la conduire. Sa tournée fut épuisante ; lorsqu'elle rentra à la villa elle était en nage. Tout s'était bien passé pourtant, et elle n'avait que de bonnes nouvelles à donner à Vane.

Celui-ci n'était pas encore rentré. Liz, en revanche, était enfin levée. Un peu pâle, visiblement fatiguée, mais en meilleure forme.

— Pourquoi ne pas m'avoir dit que tu étais malade ? lui demanda Debra gentiment.

La jeune fille haussa les épaules et ne répondit pas. Debra décida de ne pas insister. Si Liz semblait se porter mieux, elle était de fort mauvaise humeur.

Les deux amies passèrent une soirée tranquille à lire et à écouter des disques. Liz ne parlait que pour demander à quelle heure Vane devait rentrer. Debra, l'ignorant, ne savait que répondre. Elle était assez soulagée de savoir Vane dehors. Il y avait si longtemps que Liz et elle n'avaient eu l'occasion de passer une soirée ensemble ! Malheureusement, depuis leur départ de Londres, Debra se rendait compte que Liz ne cessait de s'éloigner d'elle. C'était, bien sûr, à cause de Vane, et cette pensée lui serra le cœur.

Le lendemain était un samedi. Le bureau était fermé ce jour-là, mais par la force de l'habitude Debra se leva tôt. Elle finissait son petit déjeuner lorsque Vane vint la rejoindre.

Il était douché, rasé, et portait une courte robe de chambre en soie écarlate et une paire de mules de cuir. Bien qu'ils se fussent quittés froidement deux soirs plus tôt, il lui adressa son plus beau sourire.

— Bonjour, Debra. Déjà levée ? Nous ne travaillons pas le samedi, pourtant.

— J'étais réveillée, il faisait beau, je n'ai pas eu envie de rester au lit.

Elle n'avait pu s'empêcher de lui parler sèchement ; s'il le remarqua, il n'en laissa rien paraître.

— Certains aiment faire la grasse matinée, constata-t-il d'un ton léger. Je suis heureux que Liz aille mieux. Je viens de passer par sa chambre, et elle semble avoir retrouvé tout son entrain.

La proximité de Vane à peine vêtu troublait Debra. Elle lui répondit beaucoup plus brutalement qu'elle ne le désirait réellement.

— J'aimerais que vous n'alliez plus dans sa chambre.

Vane fronça les sourcils.

— Liz n'a rien trouvé à redire. Elle a été malade ; prendre de ses nouvelles était la moindre des choses. Croyez-vous que je sois sans coeur ?

Debra eut un rire amer.

— Je suis certaine qu'il ne lui viendrait pas à l'idée de se plaindre.

Leurs jambes se frôlèrent sous la table et Debra eut l'impression d'être traversée par un courant électrique. Elle sursauta, faillit pousser un petit cri. Son attitude n'avait pas échappé à Vane, mais il se méprit sur le regard qu'elle lui jetait.

— Quoi encore ? grogna-t-il. J'ai seulement pris de ses nouvelles, je n'ai pas essayé de la séduire, si c'est ce que vous craignez. Je trouve Liz charmante, d'excellente compagnie, amusante. On ne peut pas en dire autant de vous.

— Je suis désolée de vous ennuyer à ce point, répliqua Debra d'un ton distant qui dissimulait mal sa colère. Mais vous en connaissez la raison.

— Comment ne le saurais-je pas ? Vous ne cessez de me rabâcher les mêmes sottises, et je dois avouer que je commence à m'en lasser. Quand allez-vous renoncer à ces soupçons parfaitement injustifiés ?

— Quand allez-vous cesser de jouer avec les sentiments de Liz ? Comment réagira-t-elle lorsque vous serez obligé de lui remettre les pieds sur terre ?

— Ce ne sera quand même pas la fin du monde !
D'ailleurs, je ne disparaîtrai pas de sa vie complètement, je ne suis pas une brute.

Debra soupira d'un air sceptique qui le mit hors de
lui.

— Je suppose que vous vous conduirez convenablement aussi longtemps que je resterai ici, lança-t-elle.
Mais après, qu'adviendra-t-il ?

Vane ferma les yeux à demi ; il était livide.

— Envisagez-vous de partir ? demanda-t-il d'une voix
tendue.

— Peut-être, répondit-elle lentement.

En fait, cette idée ne l'avait jamais effleurée, mais elle
avait envie de connaître ses réactions.

— Pourquoi ? cria-t-il. Si vous restez, j'augmenterai
votre salaire.

Debra lui sourit, poliment, froidement.

— Je suis très heureuse de ce que je touche actuellement, monsieur. C'est vous dont je ne suis pas contente.

Elle retint son souffle, s'attendant à une explosion de
colère. Comment allait-il réagir à sa grossièreté ? Elle
vit sa mâchoire se contracter, ses yeux lancer des éclairs.

— Vous mériteriez une bonne fessée ! Si vous n'étiez
pas aussi indispensable à la société, je vous renverrais
sur-le-champ. Mon Dieu, votre mère ne vous a-t-elle
jamais appris la politesse ?

— Si, mais j'oublie mes bonnes manières dès que je
suis près de vous. Vous me traitez trop mal.

— Et vous, comment pensez-vous me traiter ? Je ne
suis pas homme à en supporter beaucoup plus, Debra,
faites attention !

Un sentiment d'excitation faisait presque trembler
Debra. Cette joute verbale l'enchantait. Elle redressa la
tête, volontaire.

— Si vous voulez être respecté, monsieur, vous savez
parfaitement que faire.

— Je sais, je sais, laissez Liz tranquille. Mon Dieu,

quand cesserez-vous de me seriner cette ritournelle ? N'arrivez-vous pas à accepter que Liz ne risque rien ? Je n'ai aucune raison de la faire souffrir. Elle a besoin de mon amitié et je la lui offre.

Il semblait dire la vérité, pourtant Debra n'arrivait pas à y croire. S'il pouvait laisser Liz tranquille ! Debra faillit le lui répéter une nouvelle fois mais s'abstint. C'était aussi dangereux que d'agiter un drap rouge sous le nez d'un taureau furieux.

Leurs regards se croisèrent et, malgré leur antagonisme, une espèce de force magnétique les souda l'un à l'autre. Au bout d'un moment qui lui parut une éternité, Debra, néanmoins, détourna la tête. Elle repoussa sa chaise et se leva.

— Je vais voir Liz. J'espère que vous n'y verrez pas d'inconvénients et que vous n'aviez rien prévu de spécial avec elle.

Cette phrase lui avait échappé. Elle la regretta aussitôt prononcée. Il n'était pas raisonnable de jeter de l'huile sur le feu ; Vane était déjà assez furieux comme ça. Il s'était d'ailleurs levé d'un bond. En deux enjambées, il fut sur elle.

— Je vous avais prévenue ! dit-il, menaçant. S'il n'y a que ce moyen de vous faire taire, je l'emploierai aussi souvent qu'il le faudra.

Avant que la jeune fille n'ait le temps de fuir, il l'avait prise contre lui et il l'embrassait sauvagement. Ce fut bref et brutal, plus une vengeance qu'un geste d'amour. Il la repoussa ensuite rudement.

— Allez, filez ! Je ne veux plus vous voir de la journée.

Debra ne se le fit pas dire deux fois. Hors d'elle, humiliée, elle se précipita dans la chambre de Liz.

— Fais tes valises, lança-t-elle. Nous partons.

Liz était encore au lit. Elle se redressa, les yeux ronds.

— Qu'arrive-t-il ? Pourquoi partir ?

— Parce que je refuse de vivre un instant de plus avec un homme qui n'a aucun respect pour moi ! Il pense qu'il peut faire ce qu'il veut, et ça, je ne le supporterai pas.

— N'exagères-tu pas un peu ? Avec moi, il s'est toujours conduit en parfait gentleman. Je ne vois pas pourquoi il te traiterait autrement.

— Il y a bien des choses que tu ignores encore. Allons, lève-toi et prépare tes valises. Je ne veux pas rester un instant de plus dans cette maison !

Les lèvres de Liz se mirent à trembler.

— Devons-nous vraiment partir, Debra ? Je n'en ai pas envie. Je suis bien, ici. Si nous rentrons à Londres, tout va recommencer, je serai à nouveau malheureuse.

Ses grands yeux bleus étaient remplis de larmes.

— Debra, plaida-t-elle, ne laisse pas un malentendu stupide gâcher notre séjour et ta carrière.

— Cela n'a rien de stupide, protesta Debra. Puisque tu veux tout savoir, sache que nous discutions de toi. J'essayais de lui demander de te laisser tranquille, mais il n'a rien voulu entendre. Il vaut mieux que nous partions avant que les choses ne se compliquent encore plus.

— Je ne partirai pas ! Va-t'en si tu le désires, mais moi je reste ici, avec Vane.

— Certainement pas ! Cet homme est sans scrupule. Il se sert de toi. Tu es jeune, jolie, cela le flatte ; cependant, tu ne représentes rien pour lui.

— Ce n'est pas vrai, hurla Liz, des larmes roulant sur ses joues pâles. Vane m'aime et je l'aime aussi. Je suis sûre qu'il ne va pas tarder à me demander en mariage.

Debra soupira, essayant de garder son calme. Liz avait été malade, ce n'était pas le moment de trop la bousculer. Elle tenta de s'expliquer une nouvelle fois.

— Liz, écoute-moi. Vane ne t'épousera jamais. Tu es beaucoup trop jeune pour lui, et de plus il ne t'aime pas.

Tu es en train de commettre une grosse erreur. Je t'en prie, rentre avec moi avant qu'il ne soit trop tard.

Liz secoua énergiquement la tête.

— Non, je ne veux pas. Tu ne peux pas m'y obliger.

Debra sut immédiatement que Liz était sérieuse : elle n'obéirait pas. Il n'y avait aucun moyen de la faire changer d'avis pour l'instant. Elle ne pouvait quand même pas l'abandonner à cet homme ! Elle soupira de nouveau. Il ne lui restait plus qu'à patienter et surveiller sa jeune amie le mieux possible.

— Bon, murmura-t-elle à contrecœur, nous resterons, mais à une seule condition : tu dois voir Vane moins souvent.

Liz accepta d'un signe de tête qui ne ressemblait guère à une promesse. Debra se rendit compte que ce ne serait pas facile, il lui faudrait encore lutter pour l'amener à voir les choses comme elles étaient.

— Veux-tu que nous allions faire des courses ? Il y a des siècles que nous ne nous sommes pas promenées ensemble !

Pendant que Liz se préparait, Debra vit Vane arriver dans le salon, habillé, prêt à sortir. Sa vue la glaça. Quand arriverait-elle à se débarrasser de lui ? Il ne lui adressa pas la parole, mais accueillit Liz avec un grand sourire.

— Enfin, notre petite invalide est debout !

Liz l'embrassa sur les deux joues, radieuse.

— Je vais me promener avec Debra, annonça-t-elle.

— Parfait ! Je vous accompagne !

Debra n'eut pas le temps de protester, déjà Liz battait des mains, folle de joie.

— Merveilleux ! s'exclama-t-elle. Il manquait justement un homme pour porter nos paquets.

Debra était furieuse. Cependant elle ne dit pas un mot et attendit patiemment que la jeune fille termine son café. Elle cherchait désespérément un moyen d'évincer Vane mais ne le trouva pas. Quelques instants plus tard, tous trois montaient dans la voiture.

En d'autres circonstances, Debra aurait adoré faire des courses à Hong Kong. Elle aimait cette foule, sa gaieté, le marchandage qui tenait plus du sport que du commerce. Aujourd'hui, pourtant, elle était sans enthousiasme, d'autant que Vane ne cessait de s'occuper de Liz, ignorant royalement son autre compagne.

Dire que ce jour était supposé être un jour de repos, de tranquillité, une journée qu'elle désirait tant consacrer à son amie! Vane savait gâcher les meilleurs instants.

Lorsqu'il acheta à Liz, émerveillée, un bateau en ivoire, véritable objet d'art sculpté par un artiste anonyme, Debra faillit exploser, briser l'objet en mille morceaux. Elle se contint avec peine. A cet instant, Vane lui demanda ce qui lui ferait plaisir.

— Je n'accepterai jamais un présent de vous, sifflat-elle entre ses dents serrées.

Il lui sourit d'un air dédaigneux et s'abstint de tout commentaire. Prenant le bras de Liz, il quitta le magasin, Debra sur les talons. Jamais la jeune femme ne s'était sentie aussi misérable.

Ils s'arrêtèrent, un peu plus loin, dans une boutique de robes, l'une des plus élégantes de la ville. Liz insista pour que Debra essaye un *cheongsam,* la si jolie robe chinoise, courte et fendue, à col officier. Debra refusa.

— Je serais ridicule, protesta-t-elle.

— Mais non! Tu es petite et mince, cela devrait t'aller à merveille. Si j'avais ta taille, je n'hésiterais pas un instant. S'il te plaît, essaye-la!

Vane sembla découvrir la présence de Debra et lui sourit.

— Je me demande à quoi vous pouvez ressembler avec ça, lui dit-il, le regard insolent.

Debra se laissa finalement faire. Elle ne désirait pas qu'on l'accuse d'être un rabat-joie. Elle passa dans un salon d'essayage et enfila la robe. A l'instant où elle se vit dans le miroir, elle sut que ce vêtement lui allait parfaitement. Le tissu soyeux lui faisait une seconde peau, le petit col droit mettait admirablement en valeur son cou mince et long. Chacune de ses courbes était merveilleusement soulignée, et ses jambes, que l'on apercevait au moindre mouvement, n'avaient jamais paru si belles. La soie était imprimée de peonies brillantes, la fleur des mariages chinois.

Lorsque Debra sortit de la cabine d'essayage, elle vit les yeux de Vane s'allumer de surprise et d'admiration. Il hocha la tête mais resta muet. Liz, elle, fut plus volubile.

— Debra, c'est parfait ! Je savais que ça t'irait. Tu es ravissante !

Vane lui demanda avec insistance de faire quelques pas.

— Accepteriez-vous de me servir de mannequin pour la collection ? demanda-t-il ensuite à la grande surprise de la jeune femme.

Sans même réfléchir, Debra acquiesça, timide, stupéfaite. Jamais elle n'avait pensé être mannequin. Elle courut se réfugier dans le salon d'essayage.

Lorsqu'elle en sortit, ce fut pour découvrir que Vane avait payé pour la robe. Il refusa absolument d'être remboursé, ce qui la rendit furieuse.

— Puisque c'est ainsi, menaça-t-elle, je ne la mettrai jamais.

— Ne dites pas de bêtises ! Vous la porterez ce soir.

Comme il aimait donner des ordres ! Et surtout être obéi. La jeune fille baissa la tête vaincue. Il n'était pas dans son caractère de toujours se heurter à autrui.

Le retour à la villa fut le bienvenu. Liz n'en pouvait plus. Elle et Debra allèrent s'allonger sur des chaises longues, sous la véranda. Vane disparut. Tout était calme, paisible. Aucun bruit, mis à part le chant des oiseaux. Comme les rues grouillantes et bruyantes étaient loin !

Debra s'assoupit. Lorsqu'elle se réveilla, Liz avait disparu, et Vane occupait son siège. Il semblait dormir. La jeune femme se leva sur un coude et l'observa un moment, en silence. Cet homme, sans qu'elle sache pourquoi — ou si elle le savait, elle n'osait se l'avouer — la fascinait. Tendant le bras, elle toucha son épaule. Avec une rapidité de félin, Vane bondit et lui attrapa le poignet. Debra poussa un cri de frayeur, tenta de s'expliquer.

— Je croyais que vous dormiez.

— Je l'ai bien vu, répondit-il en souriant. Pourquoi ce geste ? Pour voir si j'étais bien réel ?

— Je ne sais pas, avoua-t-elle. C'était irréfléchi.

— Je vous attire à ce point ?

— Qu'allez-vous penser !

— Vous mentez mal, Debra. Dites-moi, désirez-vous toujours partir ? C'est Liz qui me l'a avoué.

— Et elle a dit la vérité. Sans elle, sans son insistance, nous serions en ce moment dans l'avion, en route pour Londres.

Il approcha, déposa un petit baiser dans la paume de sa main.

— Adorable petite Debra ! J'aimerais tant que vous me détestiez moins. Nous pourrions être de très bons amis, avoir des relations bien agréables.

— Comme celles que vous avez avec mon amie ? Monsieur Oliver, ne vous méprenez pas, je ne suis que votre employée et je ne désire rien de plus !

Vane l'avait lâchée, et il semblait profondément déçu. Elle ne s'attarda pas à réfléchir sur ses états d'âme, préférant s'éloigner au plus tôt, un peu honteuse de s'être laissé surprendre. Etait-il toujours comme ça ? se demanda-t-elle. Prêt sans cesse à ces discussions épuisantes ? Quand se conduirait-il enfin normalement ?

Cesserait-il jamais de vouloir toujours les femmes à ses pieds ?

Elle se changea pour le dîner sans le moindre enthousiasme. Que lui importait cette soirée ! Elle se sentait prisonnière, incapable de prendre une décision. Liz vint bientôt la rejoindre et toutes deux se rendirent au salon où les attendait Vane.

Celui-ci, en les voyant arriver se leva, les yeux brillants.

— Vous êtes certainement les deux plus jolies femmes de la région ! s'exclama-t-il.

Liz éclata de rire, ravie.

— Vous n'êtes pas mal non plus ! rétorqua-t-elle en l'embrassant sur la joue.

Vane tendit l'autre joue à Debra et parut désagréablement surpris quand elle s'éloigna. Il haussa légèrement les épaules et alla leur servir un verre de sherry que Liz accepta avec plaisir. Debra hésita, mais quelque chose dans le regard de Vane lui commanda de prendre ce verre. Ne voulant pas commencer la soirée par une nouvelle dispute, elle y trempa les lèvres.

Elle n'était pas à l'aise ; son *cheongsam* lui semblait grotesque pour une Européenne. En fait, elle se sentait de trop, étrangère à la conversation de ses compagnons, à leur amitié surtout. Lorsqu'ils passèrent à table, ce fut pire encore. La jeune femme n'arriva ni à avaler une bouchée ni à s'intéresser à ce qui se disait. Liz essaya plusieurs fois de la faire parler, mais en vain.

Soudain, elle entendit la voix de Vane qui commentait son attitude.

— C'est vraiment une honte d'abîmer un si beau visage avec cette expression maussade.

Se tournant vers lui, elle le vit qui grimaçait un sourire moqueur.

— Je ne vous trouve pas drôle un instant !

— Moi non plus, répondit-il, redevenu sérieux. Vous vous plaignez d'être seule trop souvent, mais lorsque nous sommes réunis, vous vous arrangez pour gâcher la soirée. Aimez-vous donc tant bouder ?

— Je ne boude pas !

— On s'y tromperait.

Ses yeux étaient de glace maintenant.

— Tu devrais pourtant être heureuse, Debra. Surtout après que Vane t'ait offert une si jolie robe.

Debra se retourna vers Liz, hors d'elle.

— Je n'avais rien demandé. J'aime mieux la rendre que de me forcer !

— Personne ne vous demande cela, Debra, lança Vane du bout des lèvres. Nous voudrions seulement un peu de coopération.

Le repas se termina dans une atmosphère insupportable. Debra eut du mal à ne pas quitter la table. Le café fut servi dans un petit salon peu utilisé, mais plus intime que la grande pièce où ils avaient pris l'apéritif. Debra alla s'installer sur un siège, loin des deux autres. Elle mourait d'envie de se réfugier dans sa chambre, mais n'osa le faire, de peur de déclencher encore un drame.

Vane avait mis un disque et il invita Liz à danser. La façon dont la jeune fille se pressait contre son cavalier serra le cœur de Debra. Elle faillit se lever et l'arracher aux bras de Vane, mais là encore elle manqua de courage.

Lorsqu'il l'invita, elle ouvrit la bouche pour refuser ; un regard de Vane suffit à l'en dissuader. Elle se tint tout d'abord très raide. Pourtant, bien vite le contact du corps de cet homme, qu'elle haïssait et vénérait à la fois, lui fit oublier toutes choses.

La force du sentiment qu'elle éprouvait pour lui la bouleversa, la fit douter de son bon sens. Se pouvait-il que Vane ait raison, qu'elle soit jalouse de l'attention dont il couvrait Liz ?

La danse à peine terminée, Debra se dégagea et s'enfuit en courant dans le jardin. A ce moment-là, il lui importait peu de savoir Liz avec Vane. Elle n'aurait supporté, pour tout l'or du monde, de les voir de nouveau s'enlacer.

Elle se croyait seule, mais elle dut déchanter. Vane l'avait suivie.

— Ne soyez pas stupide, dit-il durement. Ne voyez-vous pas que vous êtes en train de tout gâcher ? Votre entêtement enfantin m'étonne beaucoup.

— Je ne suis pas une enfant !

— Alors, pour l'amour de Dieu, cessez de vous conduire comme telle ! Revenez, sinon je croirai vraiment que vous êtes jalouse de Liz.

— Comme s'il vous importait que je sois là ou non ! Bon, je viens, ne serait-ce que pour surveiller Liz, mais ne me demandez pas de danser avec vous. Je ne le veux à aucun prix.

— Je vous trouble tellement ?

Il avait posé la question d'un air amusé, et la jeune femme se sentit profondément choquée. Pourquoi n'arrivait-elle pas à mieux dissimuler ses sentiments ?

— Je ne vois pas de quoi vous voulez parler, dit-elle d'un ton hautain.

Vane sourit brièvement.

— Ma pauvre Delna ! Vous n'arrivez même pas à vous mentir, encore moins à me tromper. Je lis en vous à livre ouvert. Tâchez de vous en souvenir à l'avenir.

— Je ne mens jamais !

Vane posa en riant un doigt sur ses lèvres.

— Chut ! La bataille est terminée. La vie est trop courte pour qu'on la passe à se disputer.

Vers minuit, Liz se sentit trop fatiguée pour rester plus longtemps au salon.

— Je n'en peux plus ! Je vais me coucher. Merci pour cette merveilleuse soirée, Vane.

Elle leva le visage vers lui et il l'embrassa, la tenant juste un peu trop longtemps dans ses bras, comme s'il n'avait pas envie de la voir partir.

— Je crois que je vais faire de même, annonça Debra. Bonsoir, Vane.

Vane lâcha immédiatement Liz et se tourna vers Debra.

— J'ai à vous parler, Debra, maintenant.

La jeune femme jeta un coup d'œil en direction de son amie, s'attendant à trouver dans son regard une lueur de jalousie. Elle y était ! Debra sentit son cœur se serrer. Elle fit un pas vers Liz, mais celle-ci sortit en courant, claquant la porte derrière elle.

Furieuse, Debra se retourna vers Vane et l'apostropha durement.

— Qu'y a-t-il de si urgent ? Je suis lasse aussi et n'ai aucune envie de passer la nuit à me quereller avec vous.

— Qui parle de querelle ?

— N'est-ce pas ce que nous réussissons de mieux ?

Vane haussa ses larges épaules et lui tendit un verre.

— Asseyez-vous, commanda-t-il.

Debra se laissa aller dans un fauteuil. Elle avait un peu trop bu et ne se sentait pas très fraîche.

— Je n'arrive pas à vous comprendre, commença-t-il.

— Dans ce cas, pourquoi essayer ? Acceptez-moi telle que je suis. D'un point de vue professionnel, il n'est pas vraiment nécessaire de se comprendre.

Vane plissa les yeux.

— Vous avez raison. J'oublie sans cesse que vous êtes mon employée. J'espérais que nous deviendrions amis.

Il semblait démonté, soudain, et Debra se demanda pourquoi.

— C'est Liz votre amie.

— Oui... Oui, c'est vrai. Bonsoir, Debra, vous pouvez aller maintenant.

La jeune femme ne comprenait plus rien.

— Je croyais que vous aviez à me parler.

— J'ai changé d'avis.

Debra finit son verre et le quitta sans plus le regarder,

heureuse de s'éloigner, étonnée de ce changement d'humeur subit.

Elle se coucha rapidement mais ne parvint pas à trouver le sommeil. La situation devenait de plus en plus confuse, et cela lui déplaisait souverainement. Soudain, elle tendit l'oreille et se redressa : elle venait d'entendre le pas de Vane dans le corridor.

Plus éveillée que jamais, elle l'entendit gratter chez Liz. Il y eut un bruit de porte ouverte puis fermée suivi d'un murmure de conversation dans la chambre voisine.

Debra se sentit soudain malade, dégoûtée. Cette visite, à une heure aussi tardive, ne pouvait avoir qu'une signification. Dressée dans la pénombre, la jeune femme resta un long moment à guetter. Au bout d'une éternité, elle entendit Vane repartir.

Jamais Debra ne s'était sentie aussi choquée, tellement jalouse !

La signification de sa douleur la frappa comme un coup de poing. Elle aimait Vane !

Elle en fut stupéfaite. Jamais elle n'aurait cru en arriver là. Jusqu'à ce jour, Debra avait toujours pensé qu'elle était inquiète pour Liz. C'était la raison de son agressivité vis-à-vis de Vane. Maintenant, il lui fallait bien admettre qu'il n'en était rien. Elle jalousait sa meilleure, sa seule amie ! Et de plus, cette dernière riquait d'être encore plus malheureuse que Debra n'était déjà.

Que faire ?... Et Liz qui ne voulait rien entendre, qui croyait dur comme fer à l'amour de cet homme beaucoup trop âgé pour elle ! Il y avait pourtant une solution. Debra sentit son cœur battre à coups redoublés. Parviendrait-elle à s'en tirer sans y laisser son âme ? Une seule voie s'offrait à elle, et il fallait agir vite. En un instant, sa décision fut prise ; elle allait séduire Vane, l'éloigner de Liz, puis, lorsqu'il serait à sa merci, elle l'abandonnerait.

La jeune femme ne savait encore comment elle s'y

prendrait, mais la pensée de ce qu'elle allait entreprendre la calma. Elle s'endormit aussitôt.

Il était plus de midi lorsqu'elle se réveilla. Lin Dai l'informa que Miss Freeman et M. Oliver étaient allés se baigner à Repulse Bay. Cette nouvelle doucha son enthousiasme, et elle passa l'après-midi à tourner en rond dans l'attente de leur retour.

Ils revinrent vers cinq heures, joyeux, détendus. Lorsque Liz aperçut Debra, son sourire se figea. Elle devait se demander si son amie était au courant de la visite qu'elle avait reçue dans la nuit. La jeune fille leur adressa son plus charmant sourire.

— Vous êtes-vous bien amusés ?

Liz lui jeta un regard coupable.

— Nous voulions te proposer de venir, mais tu dormais si bien que nous n'avons pas osé te réveiller.

C'était probablement faux, cependant Debra fit semblant de la croire.

— Je suis un peu fatiguée, continua Liz, je crois que je vais aller me reposer.

— Pendant ce temps, je prendrai le thé avec Debra, sous la véranda, ajouta Vane. Cela lui permettra de me raconter à quoi elle a occupé sa journée.

Debra lui lança un regard noir puis, se rappelant de son plan, le suivit docilement. Lin Dai avait déjà servi le goûter, et ils s'assirent à l'ombre.

Vane dévora les gâteaux comme s'il n'avait rien avalé depuis des siècles. Tout en mangeant, il questionna Debra sur son emploi du temps.

— Je n'ai rien fait, répondit-elle. Où vouliez-vous que j'aille, seule ?

Il haussa les sourcils.

— Vous n'avez pas l'air très contente que nous soyons sortis sans vous.

— Ce n'est pas cela. C'est de savoir Liz seule avec vous qui m'angoisse. Et puis, je comptais passer un moment avec elle pendant le week-end, il y a si longtemps que nous ne nous sommes parlé. Nous ne nous voyons presque plus.

— Je la sors trop souvent ? Vous n'êtes pas en train d'essayer de me faire comprendre que je devrais également vous inviter j'espère... Après tout, vous n'êtes que mon employée.

Il l'observait fixement, attendant de voir sa réaction à cette pique. Il fut déçu car, pour une fois, Debra parvint à cacher ses véritables sentiments.

— Je ne pensais pas à ça du tout, protesta-t-elle en souriant, faussement détendue.

— Parfait, rétorqua-t-il, voilà une bonne chose de réglée. Au cas où je me laisserais aller de nouveau, n'oubliez surtout pas de me remettre sur le droit chemin.

En plus, il se moquait d'elle ! La jeune femme se hérissa mais parvint à se taire. Une dispute ruinerait toute sa stratégie. Un lourd silence s'installa entre eux.

A la fin, Debra n'y tint plus.

— Si vous avez autre chose à faire, vous le pouvez, lui dit-elle amère. Je peux très bien me passer de compagnie.

Il ouvrit la bouche pour répondre mais ne dit rien. Ce fut plus que Debra ne put supporter. Elle se leva et fit quelques pas. Elle se sentait nerveuse.

— Je crois que je vais aller faire un tour, annonça-t-elle. En funiculaire.

Vane se leva d'un bond.

— Je viens avec vous !

— Je préfère être seule.

— Vous avez tort, la vue du Peak est plus jolie lorsqu'on est deux.

— Tout dépend de l'autre, murmura Debra, comme pour elle-même.

— Allons, un bon geste, faisons la paix et allons nous promener.

— Et Liz ? Croyez-vous qu'elle appréciera ?

— Liz ? Pourquoi vous en préoccuper ? Elle n'a pas hésité à vous laisser seule ce matin.

— Je n'en crois pas un mot !

Vane sourit, légèrement gêné.

— Vous avez raison. Elle voulait vous attendre.

— Mais vous avez réussi à la persuader du contraire !

— Que voulez-vous, comme dit le dicton : « Trois, c'est un de trop ! »

— Et si elle venait avec nous maintenant, ce serait elle qui vous gênerait, n'est-ce pas ?

— Exactement. J'aime bien rendre les gens heureux, mais un à la fois.

C'était trop pour Debra. Ce cynisme l'écœura.

— Il n'est pas nécessaire que vous vous donniez le mal de me rendre heureuse, Vane Oliver. Je vais me promener, *seule* !

Avant qu'il ne trouve une réponse, la jeune fille avait traversé le jardin en courant, des larmes plein les yeux. Pauvre folle qui échafaudait des plans qu'elle n'avait pas le courage de mener à leur terme !

Le trajet en funiculaire contribua grandement à la calmer, et, lorsqu'elle descendit au terminus, à quelques centaines de mètres du sommet, elle se mit à marcher avec plaisir.

Le port s'étendait à ses pieds à perte de vue, énorme amoncellement de jonques et de barques. Plus loin, de petites îles perçaient la surface violette des eaux. A mi-pente, Debra aperçut le toit de la villa de Vane, dépassant de la végétation luxuriante qui couvrait les flancs de la montagne.

L'herbe était souple sous ses pas, l'air frais et doux. L'odeur des fleurs lui montait un peu à la tête.

Malgré ce paysage sublime, Debra ne tarda pas à revenir à ses préoccupations. Il fallait qu'elle quitte Hong Kong, qu'elle éloigne Liz de ce vampire ; mais sans le consentement de la jeune fille rien n'était possible. Il restait à patienter, à espérer que Liz ouvre enfin les yeux.

Pensez que les deux amies étaient rivales ! Si ce n'eut été si triste, ç'aurait été à mourir de rire ; une situation parfaite de vaudeville !

Debra se laissa tomber sur l'herbe et contempla le ciel. Sa vie avait tellement changé, depuis qu'elle avait rencontré Vane ! Avant, elle n'était ni heureuse ni malheureuse, elle vivait tranquille ; maintenant c'était l'enfer quotidien. N'allait-il pas rentrer à Londres ? Si Debra parvenait à le persuader qu'elle pouvait se sortir des ennuis provoqués par les fournisseurs, peut-être regagnerait-il l'Angleterre ?

Il faisait si bon que Debra ne vit pas le temps passer. Elle alla déguster une glace dans les jardins du Peak Café, tournant le dos à l'immense tour, avec ses trois restaurants, qui défigurait le paysage.

Petit à petit, le soleil descendait sur la mer, prenant une teinte d'autant plus sombre qu'il était bas. Il ne tarda pas à effleurer les flots, les embrasant de pourpre.

Lorsqu'il eut disparu, ce fut la fête des lumières de la ville. En un instant, tout se mit à scintiller, on eût dit que l'île et sa sœur continentale s'étaient parées de leurs perles.

Debra ne se lassait pas de contempler ce spectacle étonnant, unique au monde. Elle avait perdu toute notion d'espace et de temps. Il lui semblait qu'elle était là depuis toujours, qu'elle faisait partie du décor.

Vane avait raison, cette vue devait être partagée. Comme il était dommage qu'il ne fût pas là ! Elle soupira, le cœur gros, et sursauta lorsqu'une voix murmura à son oreille.

— C'est vraiment merveilleux, n'est-ce pas ?

— Vane !

— Liz et moi étions inquiets. Nous avons déjà dîné. Je ne pensais pas que vous comptiez rester si longtemps.

— Moi non plus. C'est le site, ce magnifique coucher de soleil, je n'arrivais plus à repartir.

Il passa nonchalamment le bras autour de ses épaules et, parce qu'elle était encore sous le charme de ce qu'elle venait de voir, Debra ne résista pas. Ils étaient dans un autre monde. La brume s'était levée et les enveloppait d'un suaire blanc.

Lorsqu'il l'embrassa, d'abord doucement, puis avec fougue, la jeune fille ne protesta pas non plus. En ce lieu enchanté, tout pouvait arriver. A pas lents, ils regagnèrent finalement la petite gare du funiculaire, juste à temps pour voir la cabine s'en aller. Les dix minutes pendant lesquelles ils attendirent la voiture suivante furent un autre enchantement.

A la villa, Liz les attendait, folle de rage. Debra se détacha de Vane et essaya de prendre un ton dégagé.

— Je regardais le soleil se coucher et je n'ai pas vu le temps passer.

Vane ne la quittait pas des yeux, mais elle l'ignora, ce qui l'agaça. Pour se donner une contenance, il prit le bras de Liz et l'entraîna au salon.

— Je meurs de soif, allons boire quelque chose pendant que Debra se restaure un peu.

Liz jeta un regard méchant à son amie.

— Tout est froid maintenant. C'est bien fait pour toi, tu n'avais qu'à rentrer plus tôt.

Debra haussa les épaules.

— Je n'ai pas faim ; je vais me coucher. Je travaille demain, et mon patron n'aime pas que je sois en retard.

Vane n'eut pas l'air d'apprécier cet humour.

— Il n'est pas si tard, Debra. Ne vous conduisez pas de nouveau comme une enfant.

La dureté de sa voix fit mal à la jeune fille. Comment pouvait-il être tour à tour affectueux et féroce ?

— Ma promenade m'a fatiguée, mentit-elle. Nous n'allons quand même pas en faire toute une histoire !

— Laissez-la, siffla Liz entre ses dents. De toute façon, nous sommes beaucoup mieux sans elle.

— Très bonne idée, ma chérie, Debra devient vraiment...

Debra n'entendit pas la suite. Frémissante de rage, elle avait déjà quitté la pièce.

6

Debra n'avait pas menti, elle était réellement fatiguée. A peine couchée, elle s'endormit d'un sommeil de plomb. A l'aube, elle était debout, encore maussade, n'ayant aucune envie de descendre en ville avec Vane.

Elle décida de se dépêcher et de prendre le funiculaire. Elle venait d'avaler la dernière bouchée de son petit déjeuner lorsque Vane arriva. Il la dévisagea de telle manière qu'elle ne put s'empêcher de rougir.

— Vous avez l'air tout à fait reposée, dit-il sans autre préambule, en se mettant à table.

— Je partais, répondit-elle sèchement. J'ai envie de marcher. Si vous voulez bien, je ne vous attends pas.

— Cela m'ennuie beaucoup. Je n'aime pas ces caprices ! On dirait que vous avez peur de moi.

Son regard s'était assombri. Debra se laissa aller dans un fauteuil et prit son mal en patience. A quoi bon recommencer à se chamailler !

— Bon, je reste.

Elle avait du mal à dissimuler son irritation, et cela mit Vane en rage. Il tartina si violemment son toast qu'il le brisa en mille morceaux.

— Hier soir, au Peak, j'avais l'impression que nous allions mieux nous entendre, lui dit-il.

— C'était hier.

— Et ce matin vous avez changé d'avis ?

Debra leva le menton en un geste de défi.

— Et même si cela était ?

— Vous êtes folle ! Vous êtes la créature la plus changeante de la terre !

— Aussi longtemps que je fais mon travail correctement, que vous importe ?

Debra se haïssait d'agir ainsi, de lui faire du mal sans raison, mais c'était sa seule défense. Un jour, bientôt, lorsqu'elle serait plus sûre d'elle, elle le laisserait s'approcher de plus près, prendre confiance, puis elle se vengerait, le rejetterait. Mais plus tard, lorsque son amour pour lui serait passé.

Elle le suivit à la voiture de mauvaise grâce. Il lui devenait insupportable de le côtoyer chaque jour. Tant qu'il se jouerait de Liz, il en serait ainsi.

Au bureau, elle fut ravie d'apprendre de M. Fu que sa voiture était enfin arrivée. Lorsque le directeur s'éloigna, Vane se tourna vers elle, livide.

— Ce n'était pas la peine de montrer tant de joie ! Je savais que vous me détestiez, mais pas à ce point. J'espère que vous serez heureuse de cette nouvelle : je pars demain pour Londres.

Il la fixait intensément, s'attendant probablement à la voir bondir de joie. La jeune fille, au contraire, se sentit soudain affreusement malheureuse, et cela dut se voir.

— Je ne vous comprends plus, dit-il. Je pensais que mon départ vous enchanterait. N'êtes-vous pas contente que je m'en aille ?

— Qu'imaginez-vous ? Je pensais à Liz, seule à la maison. Lui en avez-vous parlé ?

— Je croyais que vous désapprouviez notre amitié.

— C'est exact ; pourtant je suis obligée de reconnaître qu'elle va mieux.

— Filez, avant que je ne me fâche !

— Avant surtout que vous ne perdiez la face devant vos employés ! Ce ne serait pas correct. Vane Oliver est un gentleman, il n'élève jamais la voix, Vane O...

Vane posa brutalement la main sur sa bouche, interrompant la diatribe. Debra, outrée, fit un pas en arrière, trébucha. Ses yeux s'emplirent de larmes.

— Pleurez tant que vous voulez, mais dans votre bureau. Je ne tiens pas à ce que vous suscitiez un scandale.

Ce disant, il la poussa dans la pièce qu'elle occupait et il claqua la porte, s'éloignant à grands pas. Debra fut un instant au bord de la crise de nerf. Elle se mit à frapper sa table de travail à s'en briser les poignets.

Elle était à peine calmée lorsque le téléphone sonna.

— Apportez-moi vos dessins, ordonnait Vane.

Debra se rendit immédiatement dans son bureau, frémissante de rage. Elle entra sans frapper, jeta ses esquisses sur la table et attendit le verdict, les bras croisés, fixant résolument le bout de ses chaussures.

Vane ne réagit pas, ne la regarda même pas. Il se contenta d'étudier les dessins un à un, lentement, soigneusement. Il y mit si longtemps que Debra commença à se sentir mal à l'aise, à se poser des questions. Que se passerait-il s'il n'aimait pas son travail, s'il décidait qu'elle n'était pas compétente? L'idée de se voir renvoyée la bouleversa. Malgré leurs disputes incessantes, les mots durs qu'ils échangeaient, elle l'aimait.

Enfin, incapable de tolérer plus longtemps ce silence, elle parla d'une voix forte, légèrement tremblante.

— Si cela ne vous plaît pas, monsieur, je peux recommencer.

Vane leva doucement la tête, sans sourire, un peu froid, mais le regard brillant.

— J'aime beaucoup. Vous avez saisi la nature même de ce que j'essaye de créer. Nous allons former une magnifique équipe.

La fierté que ressentit Debra n'était pas aussi profonde qu'elle aurait pu l'être si leurs relations avaient été autres. Elle dut se forcer à se souvenir qu'elle était une employée, rien de plus.

— Je suis ravie, répondit-elle faiblement. Je suis contente de ces esquisses. Elles me semblaient convenir.

— Vous ne semblez pourtant pas très enthousiaste. Qu'attendiez-vous ? Que je bondisse de joie ?

Debra eut un pâle sourire.

— Non, je vous connais trop.

— Mais vous vous attendiez à mieux de ma part ?

— Pas vraiment. Je ne sais pas... Je suis soulagée que cela vous plaise.

— Soulagée ? Pensiez-vous que j'allais vous les jeter au visage ? Laissez-moi vous apprendre quelque chose, Debra. Je ne mélange jamais mes sentiments personnels et le travail. Même si nous étions fâchés, je resterais honnête avec vous. Vous feriez d'ailleurs bien de m'imiter en cela.

La jeune fille évita son regard. Vane, se retournant, ouvrit un tiroir et en sortit une liasse de papier à dessin.

— J'ai fait quelques croquis de ma nouvelle collection de Hong Kong. Rien n'est encore définitif, mais l'idée est là. Vous aimerez peut-être les étudier pendant mon absence. Cela vous permettra d'y trouver l'inspiration pour vos accessoires. Nous nous réunirons à mon retour et verrons ce que nous pouvons mettre au point.

Debra aurait dû être enchantée de cette marque de confiance, mais le cœur n'y était pas. Elle prit les feuilles qu'il lui tendait.

— Je vais voir. Merci.

Vane soupira et la congédia d'un air impatienté.

— Allez essayer votre voiture, visiter quelques fournisseurs ; une promenade vous fera du bien.

Debra s'en alla sans répondre. Le départ de Vane la rendait vraiment malheureuse. Elle passa la journée à visiter des fabriques, sans bien se rendre compte de ce qui s'y passait.

Lorsqu'elle arriva à la villa, vers cinq heures, Vane

n'était pas encore rentré. Liz se précipita à sa rencontre, les yeux brillants.

— Où est Vane ? N'es-tu pas rentrée avec lui ?

— J'ai ma voiture maintenant. Je ne l'ai pas vu de la journée. T'a-t-il dit qu'il partait pour Londres ?

Liz sursauta.

— Non. Quand ?

— Je ne sais pas. Il m'a annoncé la nouvelle ce matin. Je croyais que tu étais au courant.

Le visage de Liz refléta soudain toute la misère du monde. C'était bien ce que Debra redoutait depuis leur arrivée. Liz s'était trop attachée à Vane. Maintenant, elle allait être horriblement malheureuse.

Elle décida aussitôt de mettre ce voyage à profit pour essayer de détacher une bonne fois pour toutes Liz de Vane. Au fond, cela tombait à pic.

— Tu verras, nous ne nous ennuierons pas un instant, affirma-t-elle. Nous pourrons visiter tous les endroits que nous avons connus autrefois, traîner dans les boutiques indéfiniment.

— Et quand tu travailleras ? Tu ne te rends pas compte à quel point les journées sont longues ici. Lorsque Vane rentrait pour déjeuner, c'était différent. Mon Dieu, pourquoi s'en va-t-il ?

— Tout s'arrangera. Peut-être Vane s'occupera-t-il de te trouver ce précepteur qu'il t'avait promis. Il serait temps que tu te remettes à tes études.

— Je ne veux plus entendre parler d'école !

— Tu ne seras jamais médecin, si tu ne travailles pas.

— Je ne sais pas si j'ai toujours envie de le devenir. J'aimerais mieux me marier.

Debra haussa les épaules, excédée. Elle voyait trop où Liz voulait en venir. Ces rêves enfantins ne mèneraient la jeune fille à rien.

— Ne sois pas ridicule ! s'écria-t-elle. C'était le souhait le plus cher de tes parents. Même s'ils ne sont plus là pour le voir réalisé, tu ne peux les trahir ainsi.

Liz n'écoutait même pas. Le regard flou, elle poursuivait ses divagations.

— Je me demande combien de temps Vane sera absent, murmura-t-elle.

— Qui sait ? N'oublie pas que sa firme est basée à Londres. Il ne va pas passer sa vie ici pour nous faire plaisir.

— Qu'en sais-tu ? Il aime Hong Kong. Il me l'a dit. Il m'a affirmé qu'il n'hésiterait pas à en faire sa résidence permanente.

Pour Debra cette affirmation constituait une surprise.

— Si j'étais toi, dit-elle à Liz, je n'attacherais pas trop d'importance aux paroles de Vane. Je ne le vois pas s'installer ici, il a trop d'attaches en Angleterre.

Liz lui jeta un regard furieux.

— Tu ne sais rien de lui ! Nous avons longuement parlé ensemble. J'ai l'impression de le connaître depuis des années. Pourquoi ne l'aimes-tu pas ?

— Je n'ai jamais dit ça !

— Peut-être. Mais tu as une façon de le regarder qui est pire que les mots. Au début, je pensais que tu étais jalouse ; maintenant, je n'en suis plus si certaine. Debra, tu as un bon emploi ici, tu ne peux te permettre d'être désagréable avec lui.

— Est-ce pour me protéger que tu te jettes sans cesse à son cou ?

Liz devint écarlate et changea vite de sujet.

— Nous devrions nous préparer pour le dîner, il est déjà tard.

Lorsque Debra se fut changée, Vane était de retour. Lui et Liz conversaient à voix basse dans le salon. Ils n'entendirent pas la jeune fille entrer, et, lorsque Liz l'aperçut, elle retira immédiatement sa main de celle de Vane et se leva.

— Nous t'attendions, le dîner est prêt.

Vane fit un charmant sourire à Debra qui y répondit par une grimace.

110

Profitez de cette offre unique pour découvrir le monde merveilleux de l'amour.

Plongez au coeur des plus intrigantes et passionnantes histoires d'amour. Découvrez dans chacun des romans une héroïne semblable à vous. Par la magie de ces récits, vous entrerez dans la peau du personnage et serez transportée dans des pays inconnus. Vous rencontrerez des étrangers séduisants et fascinants. Profitez de l'offre des 4 nouveaux volumes gratuits pour découvrir ce monde excitant. Vous recevrez ensuite 6 volumes par mois. Ainsi, comme des milliers de femmes, vous vous délecterez et attendrez, chaque mois, avec impatience vos 6 nouveaux volumes de la superbe Collection Harlequin.

La Collection Harlequin
Les plus belles histoires d'amour, au monde.

Collection Harlequin

L'AUTRE MOITIÉ DE L'ORANGE
Anne Weale

Collection Harlequin

SOUS LE VOILE DU DÉSIR
Charlotte Lamb

Collection Harlequin

D'OMBRE ET DE LUMIÈRE
Violet Winspear

Collection Harlequin

IL EST TEMPS DE RENAITRE
Flora Kidd

Commencez votre Collection Harlequin avec ces 4 nouveaux volumes gratuits.

(valeur de 7$)

GRATUITS: D'OMBRE ET DE LUMIÈRE de Violet Winspear. Ombre du désaccord, lumière de l'amour, c'est la pénible alternance pour Dominique et Paul, en leur lutte contre la mort qui menace tout espoir. **L'AUTRE MOITIÉ DE L'ORANGE** d'Anne Weale. Comment oublier un premier et grand amour tragiquement terminé? Comment échapper à la domination d'une tante abusive? Antonia épouse Carl...**SOUS LE VOILE DU DÉSIR** de Charlotte Lamb. Qui est Rachel Austen? se demande Mark Hammond. Une aventurière, une fille facile malmenée par la vie? Pourquoi s'enfuit-elle aux Bahamas? **IL EST TEMPS DE RENAÎTRE** de Flora Kidd. Parce que celui qu'elle avait tant aimé a besoin d'elle, Kathryn accepte d'aller le retrouver. Mais si elle s'était imaginée capable de le revoir sans trouble, c'est qu'elle se connaît encore mal...

- -

Certificat de cadeau gratuit

SERVICE DES LIVRES HARLEQUIN, STRATFORD (Ontario)

OUI, veuillez m'envoyer gratuitement mes 4 nouveaux romans de la Collection Harlequin. Veuillez aussi prendre note de mon abonnement aux 6 romans de la Collection Harlequin que vous publiez chaque mois. Je recevrai ces romans d'amour au bas prix de 1,75$ chacun, sans frais de port ou de manutention, soit un total de 10,50$ par mois. Je pourrai annuler mon abonnement à tout moment, quel que soit le nombre de livres achetés. Quoi qu'il arrive, je pourrai garder les 4 nouveaux volumes GRATUITEMENT sans aucune obligation. Cette offre n'est pas valable pour les personnes déjà abonnées.   366-CIF-3AB7

Nom	(en MAJUSCULES, s.v.p.)
Adresse	App.
Ville	
Province	Code postal
Signature	(Si vous n'avez pas 18 ans, la signature d'un parent ou gardien est nécessaire)

Cette offre n'est pas valable pour les personnes déjà abonnées. Prix sujet à changement sans préavis. Offre valable jusqu'au 31 janvier 1984. Nous nous réservons le droit de limiter les envois gratuits à 1 par foyer.   IMPRIMÉ AUX É-U

— Savez-vous quand vous partez, monsieur ?

— A sept heures, demain matin. Ce dîner sera le dernier que nous prendrons ensemble avant longtemps.

— Il faut donc qu'il soit parfait !

Liz, en disant cela, avait jeté un coup d'œil d'avertissement à Debra. Mais malgré ses efforts, celle-ci n'arriva pas à se mettre au diapason de ses compagnons. Il lui était trop pénible de voir l'homme qu'elle aimait en silence accorder toute son attention à Liz, bavarder seulement avec elle, ne regarder qu'elle.

Après le dîner, cela continua au salon. Liz et Vane, assis côte à côte sur un sofa, se racontèrent mille choses à voix basse, sans plus se préoccuper d'elle que pendant le repas. La jeune femme venait de décider de sortir sans bruit lorsque Vane, comme averti par un sixième sens, se tourna soudain vers elle.

— Vous êtes bien calme ce soir, Debra. Dois-je attribuer ce silence à mon prochain départ ?

— Vous le pouvez, mais ce ne serait pas vrai.

— Alors, qu'y a-t-il ? Vous sentiriez-vous abandonnée ?

Avant qu'elle n'ait le temps de répondre, il avait traversé la pièce en deux enjambées et l'avait attirée à lui. Tournant la tête, il cria à l'intention de Liz :

— Liz, votre pauvre amie est mécontente parce que je m'occupe uniquement de vous.

La jeune fille haussa les épaules, maussade, furieuse d'être négligée à son tour. Vane n'y prit pas garde et entraîna Debra au son de la musique douce qui emplissait le salon. Malgré les coups d'œil furibonds que lui jetait Liz, Debra se laissa aller dans ses bras, la tête posée sur son épaule, un peu tremblante.

Lorsque la musique cessa, la jeune fille, ouvrant les yeux, découvrait que Liz avait quitté le salon. Vane alla retourner le disque, et Debra lui lança un regard interrogateur. Il préféra changer de sujet.

— Une autre danse, Debra ? Il est rare que nous soyons seuls, profitons-en.

Debra était ravie de cette amabilité soudaine, mais en même temps un peu abasourdie de voir Vane se comporter aussi cavalièrement avec Liz.

— Quelle sorte d'homme êtes-vous donc, Vane Oliver, pour traiter Liz de cette façon ?

Il eut un drôle de petit sourire.

— Vous croyez qu'elle désapprouve ?

— N'est-ce pas évident ?

Vane ignora la question.

— Allons, Debra, ne nous occupons plus d'elle. Dansons. Je veux emmener avec moi le souvenir de votre corps entre mes bras.

Il sembla à Debra que cette danse ne finirait jamais, qu'elle pouvait passer sa vie tout contre Vane. Lorsque le disque se tut, elle se laissa conduire jusqu'au sofa, où Vane l'embrassa passionnément. Là encore, le temps ne compta plus, jusqu'à ce qu'elle se mette à penser soudain à Liz. Vane devait certainement se conduire ainsi avec elle aussi ! Cette idée la ramena à la raison, et, d'une poussée, elle se dégagea.

— Lâchez-moi, Vane ! Votre attitude avec Liz me dégoûte suffisamment pour que je ne m'y laisse pas prendre !

— Si j'étais vous, Debra, je ferais très attention à ce que je dis.

Son visage était dur, amer.

— Je sais parfaitement de quoi je parle !

Une foule de sentiments contradictoires envahit Debra. Cet homme était dangereux, trop fort pour elle. Son petit plan mesquin, ce rêve de le séduire et de l'abandonner était devenu impossible : elle n'était plus maîtresse de ses réactions. Quant à Liz, puisqu'elle ne voulait rien entendre, elle la laisserait se débrouiller seule ; non par esprit de vengeance, par jalousie, mais par lassitude. Non seulement sa jeune amie ne la comprenait pas, mais en plus elle commençait à la détester, et ça, Debra ne pouvait le supporter.

Vane la fixait intensément. Ce qu'elle venait de lui dire, cette allusion à sa visite à Liz en pleine nuit, semblait l'avoir bouleversé. Il tenta de protester.

— Demandez donc à Liz. Elle vous dira qu'il ne s'est rien passé entre nous.

— Pensez-vous vraiment qu'elle avouerait une chose pareille ? Pour un homme qui se flatte de si bien connaître les femmes, vous êtes naïf. Nous ne discutons jamais de nos histoires de cœur.

— Certaines le font, répliqua-t-il vertement. Elles aiment se vanter.

Debra s'exaspéra soudain. Pour qui les prenait-il donc ?

— Liz n'est pas de celles-là, ni moi. Mon Dieu, nous n'aurions jamais dû nous approcher de vous ! Vous êtes exactement le genre d'homme à créer des ennuis.

Il haussa les sourcils et prit un air diabolique. Debra frémit : il allait encore se moquer d'elle, avoir le dernier mot.

— Je n'oblige personne, Debra. En revanche, si une jolie femme le désire... Comme vous, tout à l'heure. Pourquoi avoir changé tout à coup ?

— Vous le savez fort bien ! A cause de Liz. Vous devriez penser à elle un peu plus souvent, vous poser des questions à son sujet.

Vane semblait pensif. Un court instant, il resta songeur. Lorsqu'il sortit enfin de sa torpeur, il était étrangement calme, presque solennel.

— Cela changerait-il quelque chose entre nous si je vous jurais que Liz n'est rien d'autre qu'une amie pour moi ?

— Après ce qui est arrivé ! Comment pourrais-je vous croire ? Comment nier ce que j'ai entendu ? J'espère que vous ne reviendrez jamais à Hong Kong !

Vane eut un sursaut, devint blême. Son visage se ferma.

— Vous n'auriez pas dû dire cela, Debra. Je reviendrai ici bientôt, n'oubliez pas que j'y suis chez moi. Et si vous m'y accueillez mal, je sais que Liz sera heureuse de me revoir.

— Liz est une enfant, elle ignore tout de la vie ! Pourquoi ne pas lui avouer que vous vous moquez d'elle ? Pourquoi ne pas être honnête ? Quel intérêt avez-vous à lui faire croire qu'il y a un avenir dans vos relations ?

Il la regarda calmement, avec une force latente ; Debra sut immédiatement que ce qui allait suivre lui ferait très mal.

— Parce qu'il y a un avenir. Cela, j'en suis persuadé.

Le choc fut encore plus rude que ce qu'elle attendait. La jeune femme n'avait jamais cru Liz lorsque celle-ci lui affirmait que Vane l'aimait. A cet instant, tout s'écroula.

— Dans ce cas, murmura-t-elle, je n'ai plus rien à dire. Bonsoir, Vane. Je m'excuse de vous avoir si mal jugé.

— Debra, attendez, vous ne m'avez pas compris !

Elle était déjà sortie, en larmes. Dans le couloir, elle croisa Liz que le bruit de leur querelle avait attirée.

— Debra, qu'y a-t-il ?

Debra, pourtant si prudente d'habitude avec les sentiments de son amie, lui jeta un regard noir et, la bousculant, lui lança au passage :

— Demande-lui ! Tout est sa faute. Mon Dieu, comme je voudrais ne jamais être venue à Hong Kong. J'aimerais être morte !

Liz courait déjà vers le salon.

— Vane, qu'est-il arrivé ?

La porte se referma, et Debra n'entendit pas la réponse. A pas lents, elle se traîna jusqu'à sa chambre. Là, elle se laissa tomber sur le lit. A quoi bon le défaire? La jeune femme savait qu'elle ne dormirait pas. Elle avait l'impression qu'elle ne dormirait plus jamais.

Le premier choc passé, Debra commença à sentir monter en elle une colère folle. Ils avaient caché délibérément leur affection mutuelle, essayant de lui faire croire qu'ils n'étaient qu'amis... Enfin, *Vane* avait fait tout cela. Pourquoi cette trahison? Avait-il peur de la blesser?

Si au moins, elle ne l'aimait pas tant! Quelle déception! Et il fallait que cela arrive entre amies! Comment réagir? Pour commencer, et dès avant le mariage, si mariage il y avait, s'en aller, démissionner, rentrer à Londres.

Vane resta à Londres plusieurs semaines. Pendant son absence, il ne cessa de téléphoner, au bureau et à la villa, mais pas une fois il ne demanda à parler à Debra. De temps à autre, on lui transmettait un message, mais ce fut tout.

Un matin, Mai Mai entra dans le bureau de la jeune fille, comme une furie, le visage déformé par la colère.

— Qu'est-ce que j'apprends? C'est vous qui dessinez les accessoires de la collection de Hong Kong? Je n'étais même pas au courant.

Ainsi, il n'en avait pas parlé à sa styliste en chef. Debra se sentit secrètement soulagée, flattée même. Comme Vane ne lui avait pas fait promettre le secret, elle décida de tout raconter à la jeune Chinoise. Elle le fit d'un ton enjoué, naturel, afin d'essayer de calmer sa fureur.

— Il ne vous a rien dit? Il va créer une ligne pour femmes petites et il a pensé qu'une touche orientale conviendrait à merveille.

Mai Mai jeta un regard ulcéré sur les croquis qui couvraient le bureau de Debra.

— Il n'est pas dans les habitudes de Vane de ne pas

me mettre au courant. Etes-vous sûre que vous pouvez travailler sur ces dessins? Ils ne sont pas encore terminés, ce ne sont que des ébauches.

Debra, qui sentait son interlocutrice bouillir, se força au plus grand calme.

— Je le sais, dit-elle en souriant. Vane me les a confiés pour que je les étudie et que je commence à chercher des idées d'accessoires. Lorsqu'il reviendra, nous y travaillerons ensemble.

Si un regard avait pu tuer, Debra serait morte sur le coup. Les yeux sombres de Mai Mai jetaient des éclairs, sa jolie bouche était tordue par la rage.

— Miss Delaney, sachez que Vane Oliver discute toujours de ses projets avec moi. Après tout, je suis sa collaboratrice!

— C'est entendu, mais nous ne travaillons pas sur les mêmes choses.

— Ce qui veut dire?

— Que nous avons, à ses yeux, autant d'importance l'une que l'autre.

Mai Mai se raidit, jeta la tête en arrière et recula sous ce qu'elle considérait comme une insulte.

— Je travaille avec Vane depuis qu'il a ouvert sa succursale ici, et je vous préviens, je ne céderai pas ma place si facilement.

Debra avait petit à petit perdu son ton tranquille.

— Pourquoi ne pas vous plaindre à lui directement? demanda-t-elle d'une voix glaciale. Après tout, c'est encore lui qui prend les décisions concernant sa collection.

— C'est ce que je ferai! cracha Mai Mai, enragée. Attendez seulement qu'il revienne.

Sur ces mots, elle sortit en claquant la porte. Debra, un sourire aux lèvres, entendit son pas furieux décroître et s'éteindre. En chantonnant, elle reprit ses crayons. L'incident l'avait un peu ennuyée mais l'amusait aussi. Mai Mai n'avait aucun droit de jouer au dictateur. Elle

116

se mit soudain à rire. L'autre devait croire qu'il y avait quelque chose entre eux. Debra se demanda quelle tête elle ferait si elle allait la trouver pour lui annoncer que c'était avec son amie que Vane avait des relations amoureuses.

Plus le temps passait, plus Liz devenait morose. Debra avait beau faire des efforts pour la dérider, pour la tirer de sa tristesse, rien n'y faisait. Elle passait ses journées assise à côté du téléphone, ne réagissant que lorsqu'il sonnait.

Lorsque Vane l'appelait, elle était heureuse un temps, mais très vite, elle était à nouveau mélancolique. C'était encore pire qu'après la mort de ses parents. Jamais Debra n'aurait cru que Liz puisse se laisser aller de la sorte.

Vane revint sans prévenir. Debra, en rentrant un soir, apprit qu'il était sorti avec Liz. Elle dîna seule et alla se coucher. A quoi bon surveiller quelqu'un d'aussi peu raisonnable !

Elle commençait à s'endormir lorsqu'elle entendit la voiture de Vane, puis des pas dans le couloir. Allaient-ils encore s'enfermer dans la chambre de Liz ? Pour n'en rien savoir, surtout pour ne pas trop souffrir, Debra mit sa tête sous le drap. A sa grande surprise, ce fut sa porte qui s'ouvrit. Elle risqua un coup d'œil. Vane ! Elle se sentit trembler d'émotion.

— Aviez-vous si peu envie de me voir ? lui demanda-t-il.

— J'étais fatiguée, se défendit-elle. Si j'avais su que vous rentreriez tôt, j'aurais attendu.

Il la fixait, intensément comme s'il pouvait voir à travers le drap. Debra se sentit rougir.

— Que voulez-vous, Vane ?

— Seulement voir comment vous alliez. Vous m'avez manqué.

Son cœur se mit à battre plus fort, mais le souvenir de

ce qu'il lui avait dit avant son départ revint à sa mémoire.

— Je n'en crois rien, murmura-t-elle en serrant le drap contre elle.

Comme il s'approchait un peu trop du lit, elle sentit sa volonté faiblir et se réfugia immédiatement dans une agressivité factice.

— Laissez-moi, Vane ! Que penserait Liz si elle vous savait dans ma chambre ? Si vous ne sortez pas tout de suite, je l'appelle !

A sa grande surprise, il obéit aussitôt et gagna la porte.

— Bonsoir, petite Debra, dit-il moqueur. Nous nous retrouverons.

7

Debra pensait que Vane l'accompagnerait au bureau, le lendemain matin, aussi fut-elle fort surprise de ne pas le voir au petit déjeuner.

Elle ne quitta pas Vanoli de la journée, s'attendant à chaque instant à être convoquée chez lui. Il n'en fut rien.

Lorsqu'elle rentra à la villa, elle trouva Liz seule, désolée.

— Vane est allé faire des achats, lui dit-elle. Acheter de la soie pour sa collection. Il n'a pas voulu m'emmener.

Debra pensa qu'il avait raison. Sortir une jolie femme était une chose, choisir des tissus était plus sérieux. Liz n'aurait fait que le déranger.

Lorsqu'il rentra, Vane était d'excellente humeur.

— J'ai trouvé des merveilles, annonça-t-il à Debra. Tout un lot de tissus anciens superbes !

Il était si heureux qu'il en oubliait de parler à Liz, l'ignorant presque.

— Ces soieries vous iront à merveille, poursuivit-il. Dès que mes dessins seront au point, il faudra que vous veniez à Londres. Nous travaillerons là-bas. Vous serez sensationnelle ! Un vrai mannequin miniature.

Debra n'avait plus pensé à cette proposition depuis son départ, elle sursauta.

— Etes-vous sérieux ? questionna-t-elle.

— Bien sûr. D'ailleurs vous étiez d'accord. Vous n'allez pas refuser, au moins ?

Liz était soudain enthousiaste.

— Te rends-tu compte de ta chance ? s'exclama-t-elle. Tu auras ta photo dans tous les magazines.

Debra se sentit mal à l'aise.

— Je croyais que je ne servirais de modèle que pour la mise au point.

Vane sourit d'un air engageant.

— Je crois que cette collection va exciter énormément de gens, expliqua-t-il, la presse en tout premier lieu. Ne craignez rien, cela se passera très bien, nous ferons des essais, pour vous habituer aux séances de photos. Le seul problème risque de venir des autres mannequins. Vous serez la vedette, et elles risquent de vous en vouloir. Vous pourrez vous en sortir ?

Son ton assuré fit du bien à Debra. Pour la première fois, elle se sentait protégée, et cela lui plut.

— Si vous avez confiance en moi, dit-elle, je ferai de mon mieux pour ne pas vous décevoir. Mon travail est-il fini, ici ?

— Pas du tout ! Vous continuez à faire partie de mes cadres.

Debra se demanda comment tout cela allait se terminer. Et si Vane épousait Liz ? Que se passerait-il, alors ? Y aurait-il vraiment mariage ? Elle en douta ; Vane ne semblait pas trop s'occuper de Liz. Depuis son arrivée, il ne voyait, ne parlait qu'à Debra. Le plus curieux était que sa jeune amie n'avait pas l'air d'y trouver à redire. Elle semblait folle de joie à l'idée de voir Debra faire le mannequin.

Vane se leva soudain en souriant.

— J'ai une autre surprise pour vous deux. Allez vite vous habiller, nous partons à l'opéra.

Liz fit d'abord la grimace, puis finit par sourire. Le fait que Debra se joigne à eux ne lui plaisait guère mais, comme elle mourait d'envie de bouger, elle fit contre mauvaise fortune bon cœur. Debra était ravie, elle avait l'impression de ne pas être sortie depuis des siècles.

Comme toujours pour des Européens, les costumes et les maquillages leur firent plus d'effet que l'histoire même. Pendant un long moment, et malgré la musique qui leur déchirait les oreilles, ils contemplèrent le spectacle, émerveillés. Tout n'était que beauté.

Debra, enthousiasmée, profita d'un intermède pour questionner Vane.

— Ceci doit être une grande source d'inspiration pour vous ?

Se tournant, il lui prit la main.

— C'est vous, et uniquement vous, qui m'inspirez, Debra.

Debra eut soudain l'impression qu'ils étaient seuls au monde, qu'il n'y avait plus de théâtre, plus de foule, rien que lui et elle. D'un mouvement brusque et timide à la fois elle l'embrassa doucement sur la joue.

— Vous êtes gentil, Vane.

— Je pourrais l'être encore plus si vous m'en donniez l'occasion.

Sa voix était de velours, ses yeux ne la quittaient plus. Sans le regard horrifié de Liz, cet instant aurait pu être merveilleux. Debra prit sur elle et tenta de dégager sa main. Il lui fallait être dure, rompre là, Vane n'était pas libre et Liz souffrait.

— Vous venez encore d'oublier que je suis une simple employée, lança-t-elle.

Il pâlit, et, avant de la lâcher, il serra si fort sa main qu'elle faillit crier. Mon Dieu, que c'était dur de repousser l'être aimé !

Sur le chemin du retour, Liz insista pour s'asseoir sur la banquette arrière. Le fait que Vane s'occupe tant de Debra l'avait terriblement choquée.

Les jours suivants, ce fut encore pire. Liz ne parlait plus à personne, à Vane moins qu'à quiconque. Elle restait prostrée, et Debra, malgré son chagrin, n'osa pas la questionner, moins encore la consoler. Rien ne semblait plus aller entre Vane et la jeune fille. Debra aurait donné cher pour en connaître la raison et, plus d'une fois, elle fut sur le point d'en parler à Vane.

Un soir, après que Liz soit allée se coucher, Vane la prit dans ses bras ; elle le repoussa durement.

— Et Liz ? Croyez-vous que votre attitude envers elle soit élégante ?

— Que voulez-vous dire ?

— Vous vous conduisez avec elle comme un mufle !

Il eut un petit rire gêné.

— Lorsque vous êtes dans les parages, il m'est très difficile de me conduire en gentleman.

— Si Liz vous voit m'embrasser, ce sera la fin de votre amitié.

Allait-il enfin lui dévoiler ce qui s'était passé entre eux ? Il préféra s'en abstenir.

— Je ne vois pas pourquoi ce que nous faisons devrait concerner Liz.

Debra n'en croyait pas ses oreilles. Cet homme, si beau fût-il, était un monstre !

— Je n'arrive pas à vous comprendre, Vane. Vous ne vous rendez pas compte du mal que vous faites autour de vous ? Ou bien êtes-vous si égoïste que cela vous indiffère ?

— Vous parlez par énigmes. J'avais pourtant l'impression que vous étiez attirée vers moi.

— Peut-être, mais pas aux frais de ma meilleure amie ! D'ailleurs, je vais aller la voir.

— A votre aise, mais revenez vite.

— Certainement pas !

— De quoi ou de qui avez-vous peur, Debra ? Moi ou vous ?

Debra préféra ne pas répondre et sortit la tête haute. Devant la porte de la chambre de Liz, elle s'arrêta un instant. Il lui fallait reprendre ses esprits. Qu'allait dire Liz ? Comment lui expliquer ? Elle respira profondément et ouvrit la porte. La jeune fille dormait.

Elle était pâle, presque diaphane, et Debra se sentit émue, inquiète aussi. Cette situation ne pouvait durer. Vane ne comprenait-il pas le mal qu'il faisait ?

Peu désireuse de se retrouver seule avec lui, bien qu'elle en mourût d'envie, Debra regagna sa chambre et alla s'asseoir près de la fenêtre, un livre à la main. Elle n'avait pas sommeil. Elle n'avait même pas encore ouvert son roman que la porte s'ouvrit sur Vane.

— Liz dort, dit-il. Que faites-vous ici ? Vous vous cachez ?

Debra posa son livre et haussa les épaules. Elle se sentait soudain très lasse.

— Non, pas du tout, mais je pense qu'il est inutile de vous le dire, vous ne me croyez jamais.

— Je ne vous croirai pas plus aujourd'hui. Allons, venez avec moi.

— Et si je refuse ?

— Je vous traînerai de force au salon. Ne trouvez-vous pas ridicule de rester ainsi enfermée ?

— Pas plus que de rester avec vous. Ne pourriez-vous vous conduire plus raisonnablement ?

— Pas avec une jolie femme dans les parages.

Soudain, il sourit.

— Ne soyez plus inquiète, Debra, vous ne craignez rien avec moi. J'ai compris votre message, je ne veux que le bien de Liz.

Que lui répondre ? Debra se leva et le suivit.

— Il fait si bon, lui dit-il, si nous allions dans le jardin ?

— Comme vous voudrez.

Il lui jeta un coup d'œil intrigué, mais Debra avait déjà pris les devants.

La fontaine qui décorait la cour intérieure était ornée d'un dragon de pierre qui crachait un jet d'eau. De grosses urnes emplies de fleurs rares embaumaient. C'était une nuit parfaite, calme et sereine. Une nuit pour s'aimer. Debra ne put en vouloir très longtemps à Vane. A leurs pieds s'étendaient le port et ses milliers de lumières. La brise leur apportait la rumeur de la ville. Elle se tourna vers lui et s'écria :

— N'est-ce pas le plus bel endroit du monde ?

Il sourit dans la pénombre.

— Lorsque je le vois par vos yeux, certainement, mais quand je suis seul, je n'y fais plus attention.

— Vous devriez pourtant, c'est si beau !

— Je préfère regarder ailleurs.

Lorsqu'elle se tourna, il la fixait et elle se sentit rougir et faiblir. Il lui fallut un immense effort pour garder sa voix ferme.

— Vane, vous aviez promis !

— Je sais, mais quand je suis près de vous, j'oublie un peu trop facilement mes serments. Je vous veux, Debra, j'ai besoin de vous.

Debra passa rapidement sous le porche qui menait au jardin et dévala la pelouse, Vane derrière elle. Elle aussi avait envie de lui, mais elle ne cessait de se répéter qu'il ne fallait pas. Il y avait Liz, bouleversée, plus malheureuse que jamais.

Elle s'arrêta soudain et se retourna.

— Vane...

Elle ne put continuer. Il la fit taire d'un baiser. Elle poussa un petit cri et se laissa aller. Pourquoi résister ? Ils étaient tous deux adultes, se plaisaient infiniment...

Pourtant, la vision de son amie la ramena à la réalité ; elle le repoussa.

— Et Liz ? Nous ne pouvons lui faire ça ! C'est déloyal.

— Liz n'en saura rien.

— Lâchez-moi !

Comment cet homme osait-il trahir l'amour que lui vouait cette enfant ? Il disait vouloir l'épouser, parlait d'avenir, pourtant c'était Debra qu'il semblait vouloir. Comment se conduirait-il après avoir épousé Liz ? Une chose était sûre, il ne serait jamais fidèle.

— Pourquoi êtes-vous aussi irrésistible ? murmura-t-il à son oreille. Oubliez Liz un instant, aimons-nous. La vie est faite pour être vécue, vivez-la intensément.

Il reprit sa bouche avec fougue, et Debra oublia ses scrupules, cessa de se défendre. Elle l'aimait, pourquoi refuser ces quelques instants de bonheur ? Bientôt tout ceci ne serait que souvenir.

Plus tard, beaucoup plus tard, Debra, allongée sur son lit, se sentit soudain prise de remords. Comment avait-elle pu faire une chose pareille à Liz ? Et Vane ?

Cet homme était ignoble, elle avait honte de tant l'aimer. Pourtant, lorsqu'il était près d'elle, elle n'avait plus de volonté ; elle s'en voulait par la suite...

Le fait que Liz et elle aiment le même homme ne faisait que rendre cette aventure plus triste, presque sordide. Et si ce mariage avait lieu ? Debra frissonna, il ne lui resterait plus qu'à s'en aller.

Le sommeil, enfin, vint la délivrer de ses idées noires. Lorsqu'elle se réveilla, elle avait pris la résolution de bannir de ses pensées, l'image même de Vane.

Plus facile à dire qu'à réussir ! Au petit déjeuner, il lui annonça qu'il ferait une tournée avec elle.

— Pourquoi ne restez-vous pas avec Liz ? Elle en serait tellement contente !

La proposition ne sembla guère lui plaire.

— Pourquoi ? Qu'a-t-elle dit ?

Il était évident qu'il ne dirait rien de ce qui causait le chagrin de Liz. Debra décida sur le champ de tout faire pour en savoir davantage.

— Rien, mais elle n'est pas bien. Je suis certaine que quelque chose ne va pas. Pourquoi ne pas l'emmener avec vous ? Cela l'enchanterait.

— Comme vous changez vite d'avis, répondit-il de ce

ton moqueur qu'elle redoutait. Il y a encore peu, vous auriez fait n'importe quoi pour nous séparer.

— C'est différent maintenant. Si vous ne pouvez la prendre avec vous, je resterai. Vous retiendrez cette journée sur mon salaire.

— Oh, non! Vous allez venir travailler, c'est un ordre.

Les yeux bruns de Debra lancèrent des éclairs.

— Vous ne pouvez me forcer!

— Normalement, non, mais aujourd'hui j'exige. Liz n'a rien, elle n'a pas besoin de vous.

Debra baissa la tête.

— Bien, monsieur. J'obéirai, monsieur.

Vane se leva, furieux.

— Je déteste ce genre de plaisanterie!

— Je ne me moque pas. N'êtes-vous pas mon patron? Figurez-vous que j'ai failli l'oublier : je suis votre employée, je vis sous votre toit, vous avez le droit de vous conduire en dictateur.

— Je l'ai et je compte bien m'en servir!

Debra, à bout d'argument, se détourna vers la fenêtre, tremblante de colère.

— Ne boudez pas, lui lança-t-il.

— Qu'attendez-vous de moi?

Haussant les épaules, il ne se donna même pas la peine de répondre. Il ramassa son journal et se mit à lire. Debra en profita pour aller voir Liz. Celle-ci avait une mine épouvantable.

— Veux-tu que je reste aujourd'hui avec toi?

— Pourquoi faire? Je suis très bien.

Un pieux mensonge pour cacher son chagrin! Debra n'insista pas. Liz n'était pas encore prête à lui faire ses confidences. Ce jour viendrait, et elle serait là.

La journée fut aussi pénible que possible. Debra, que la présence de Vane à ses côtés rendait nerveuse, fit normalement ses visites et ne rencontra pas de problèmes majeurs. Malgré cela, son compagnon devait pen-

126

ser qu'elle n'accomplissait pas bien son travail. Cela ne fit qu'accroître sa nervosité, sa gêne. Quand il décida que la journée était terminée, elle fut grandement soulagée.

Lorsqu'ils revinrent à la villa, Liz dormait ou faisait semblant de sommeiller. L'idée de passer une autre soirée avec Vane ne plaisait guère à Debra. Elle s'empara d'un ouvrage, une robe qu'elle désirait rectifier, et alla s'installer dans un coin du salon.

Vane fumait un cigare à l'autre bout de la pièce, écoutant de la musique. De temps à autre, il la fixait, mais le plus souvent il avait les yeux perdus dans le vague.

Une heure passa avant qu'il rompe le silence.

— Rangez-moi ça ! s'écria-t-il nerveusement. Si vous croyez pouvoir vous cacher derrière votre ouvrage, vous vous trompez lourdement.

— Me cacher, pourquoi donc ?

— Vous savez très bien de quoi je veux parler ! Posez-moi ça ou je vais le jeter par la fenêtre. J'ai besoin de vous parler travail et ne désire pas que vous vous occupiez d'autre chose.

— Pourquoi ne pas l'avoir dit plus tôt ?

Debra alla ranger son panier sur une table et vint s'asseoir plus près de lui.

— Je pense retourner à Londres la semaine prochaine, lui annonça-t-il, et je veux que vous m'y accompagniez. Nous commencerons certains essayages.

— Mais il y a Liz ! Je ne peux la laisser.

Il soupira, impatienté.

— Je le sais bien. Elle peut venir avec nous si elle le désire, je n'y vois aucun inconvénient.

Pourquoi cette comédie ? Puisqu'il devait l'épouser, il était normal qu'elle vienne aussi ! Cette hypocrisie énerva Debra.

— Cela lui fera sûrement grand plaisir, répondit-elle

un peu trop sèchement. Où habiterons-nous ? N'oubliez pas que nous avons loué la maison.

— Je vous prendrai des chambres à l'hôtel. Vous pouvez aussi vivre chez moi, c'est très grand.

— Non, merci.

— Vous avez peur ?

— Pas du tout, mais partager votre toit ici m'a suffi amplement.

Vane fit la grimace.

— Je suis désolé que vous pensiez cela. C'est vraiment dommage.

— Si vous ne cherchiez qu'une amitié durable, ce serait différent.

— Ce qui veut dire que je suis à la recherche d'autre chose ?

Debra eut un sourire acide.

— N'est-ce pas le cas ? Depuis notre arrivée vous n'avez cessé de nous pourchasser sans vergogne, l'une et l'autre.

— Mais pas avec le même résultat ! Pourquoi n'êtes-vous pas aussi facile à approcher que Liz ?

Il la fixait, les yeux tristes. Debra soutint son regard.

— Je suis désolée de vous avoir déçu, mais les gens ne réagissent pas de la même façon. C'est aussi bien ainsi, non ?

— Je suppose que c'est ce qui donne du sel à la vie.

— Certainement, mais ce genre d'échec ne semble guère vous convenir.

Les yeux gris se firent attentifs.

— Qu'en pensez-vous ? lui demanda-t-il.

— Je suis certaine que mon opinion vous indiffère. Je crois que je vais aller voir si Liz dort toujours.

Vane sembla soudain furieux.

— Pourquoi ne pas rester avec moi ? J'aime votre compagnie. Avez-vous donc toujours besoin de me fuir ?

— J'ai une meilleure idée : accompagnez-moi, je suis certaine que Liz sera ravie.

— Je n'en suis pas si sûr. Enfin, allez voir si elle est réveillée, je vous rejoins dans un instant.

Liz était assise dans son lit, un magazine à la main.

— Vane vient te voir, lui annonça Debra. Il semble inquiet de ta santé.

Ce mensonge fit passer un éclair de joie dans le regard jusque-là éteint de Liz.

— Passe-moi ma brosse et mon peigne ! Je ne peux le recevoir dans cet état.

Etre amoureuse lui allait bien, songea Debra. Jamais elle n'avait vu son amie resplendir de la sorte.

— J'ai une bonne nouvelle, annonça-t-elle, Vane nous emmène à Londres pour quelque temps.

— Il doit présenter une collection ?

— Oh, non, c'est pour mettre au point sa ligne de Hong Kong.

Le visage de Liz se vida de tout son sang.

— Dans ce cas, je ne veux pas y aller. Je ne ferais que vous déranger.

Debra, qui pensait que Liz serait ravie de l'aubaine, fut un instant déconcertée.

— Mais enfin, Liz, tu ne peux rester seule ici ! Vane nous installera à l'hôtel, ce sera épatant, tu verras.

Liz baissa les yeux, toute joie disparue, inflexible. Lorsque Vane arriva, Debra, désolée, lui annonça la mauvaise nouvelle.

— Liz ne veut pas partir et dans ce cas je ne peux vous accompagner.

Son visage se ferma, ses yeux se durcirent. Son regard alla de l'une à l'autre.

— Pourquoi refusez-vous de venir, Liz ? demanda-t-il brusquement, presque brutalement.

La jeune fille eut un sursaut de révolte mais ne répondit pas tout de suite. La façon dont Vane l'avait interpellée semblait la bouleverser. Debra ne savait comment intervenir. Vane ne voyait-il pas que la pauvre enfant était folle de lui ? Pourquoi la traitait-il si durement ? Quels que soient ses motifs, il aurait pu se montrer plus gentil avec elle. Liz se tourna enfin vers Vane et parla.

— Je suis bien, ici. Partez avec Debra. Tout m'est égal.

Ces derniers mots avaient été prononcés à voix basse, pour elle-même. Debra savait qu'elle mentait, qu'elle souffrait ; elle vola à son secours.

— Je ne partirai pas sans toi ! Si tu veux rester, je resterai aussi. Nous ferons les essayages une autre fois.

Vane semblait ne pas en croire ses oreilles.

— Mais vous êtes folle ! N'oubliez pas que vous travaillez pour moi. Si je vous dis d'aller à Londres, vous irez !

Debra se redressa soudain, hors d'elle.

— Je ne pars pas, Vane. Faites ce que vous voulez, renvoyez-moi même, mais en ce moment Liz a besoin de moi, et c'est à elle que je me dois.

Vane fixa Liz, tremblant de rage.

— Avez-vous besoin d'elle, Liz ? Répondez franchement. Voulez-vous que Debra reste avec vous ?

Debra répondit avant son amie.

— Evidemment ! Même si elle dit le contraire, je sais qu'elle le désire. Je la connais quand même mieux que vous.

— C'est à Liz que je parle, pas à vous. Tenez-vous donc tranquille.

Debra se tourna vers son amie qui était au bord des larmes.

— Ne voyez-vous pas que vous lui faites du mal ? Allez-vous-en !

Sans un mot, Vane pivota et sortit en claquant la porte. Debra frissonna. Ce n'était que le commencement, elle n'avait pas fini de supporter sa colère ! Elle haussa les épaules. Il serait toujours temps de l'affronter. Pour l'instant, il lui fallait s'occuper de Liz qui semblait en avoir bien besoin.

— Liz, dis-moi ce qui ne va pas. Que s'est-il passé entre Vane et toi ?

La jeune fille secoua la tête et serra les lèvres. Ses yeux étaient vides.

— Qu'y a-t-il ? insita Debra. Si tu ne me dis rien, comment veux-tu que je t'aide ?

— Laisse-moi ! jeta-t-elle d'un ton cassant. Tu ne peux pas comprendre.

Debra n'arrivait pas à saisir son attitude. Elle essaya de la calmer en lui parlant gentiment.

— Pourquoi ne pas te confier ? Je suis ton amie, Liz, je serai toujours de ton côté.

— Va rejoindre Vane ! Je sais que tu en meurs d'envie. Il n'y a que lui qui compte pour toi, et j'aurais dû m'en douter. C'était trop beau pour durer.

Ainsi tout était fini entre eux. Debra prit son amie dans ses bras.

— Allons, raconte-moi, cela te fera du bien.

Liz la repoussa durement.

— Pars ! Va à Londres ! Vas-y avec ton Vane. Laisse-moi tranquille, c'est tout ce que je demande.

Elle était pâle et tremblait de tous ses membres.

— Te parler ! poursuivit-elle. Tu es la dernière personne à qui j'aie envie de me confier. Comment comprendrais-tu ? Tu es amoureuse de Vane et tu te moques de moi. Me prends-tu pour une idote ?

La haine qui brillait dans le regard de Liz fit presque peur à Debra. Elle maudit Vane. C'était lui qui les avait séparées.

— Il n'y a rien entre Vane et moi, affirma-t-elle. Il a bien essayé, mais je ne me suis pas laissé faire. C'est toi qu'il aime, c'est toi qui compte, ne me l'as-tu pas affirmé cent fois ?

Liz se renversa sur son oreiller.

— Je le croyais, avoua-t-elle, misérablement. Je

manquais terriblement d'expérience et j'ai pris sa gentillesse pour de l'amour.

— Que t'a-t-il dit ?

— Que j'avais tort de l'aimer.

Elle s'était mise à pleurer mais n'en continua pas moins :

— Qu'il était trop vieux pour moi et que je rencontrerais bientôt un garçon de mon âge. Il…

Elle éclata soudain en sanglots et se jeta dans les bras accueillants de Debra. Celle-ci attendit qu'elle fût un peu calmée pour tenter de la raisonner.

— Tu verras, on croit toujours que c'est la fin du monde, mais on s'en remet. Je te promets que dans quelques semaines, tu en riras. Toutes, nous passons par là, nous faisons toutes des erreurs semblables ; c'est toujours le plus beau, le seul, le vrai, puis nous nous réveillons et découvrons que nous nous sommes trompées.

Liz s'accrocha désespérément à son amie.

— Oh, Debra, si tu savais comme je suis heureuse de t'avoir tout raconté. Je voulais t'en parler depuis longtemps, mais je n'osais pas. J'ai même fait promettre à Vane de ne pas t'en dire un mot. J'avais peur que tu sois contente, et cela, je n'aurais pu le supporter.

Debra l'embrassa tendrement.

— Petite sotte. Je t'aime comme une sœur. J'espère que tu ne me feras plus de cachotteries. Je suis certaine que Vane ne t'a pas rejetée. Il t'a dit cela pour ton bien mais au fond de lui-même, il désire rester ton ami.

Liz secoua la tête avec véhémence.

— Je ne veux plus jamais lui parler, jamais ! Je sais que c'est stupide, mais… Me comprends-tu ?

Debra lui sourit.

— Oui, je le crois. Pourtant le temps arrange bien des choses, bientôt tu penseras autrement et, à ce moment-là, il sera de nouveau ton ami.

Liz ne semblait guère y croire.

— Tu verras, insista Debra. Maintenant, essuie tes yeux et dors. Demain, tu iras déjà mieux.

Liz sourit faiblement.

— Iras-tu à Londres ?

— Je reste ici avec toi. Vane ne peut m'obliger.

— C'est bien. Je suis heureuse. N'as-tu pas peur de ses réactions ? Il avait l'air fou de rage tout à l'heure.

Debra prit un air fort assuré, mais, au fond de son cœur, elle était beaucoup moins sûre.

— Je n'ai pas peur de Vane. Si la situation l'exige, nous aurons toujours le recours de nous en aller. Il y a une forte demande pour des gens comme moi. Ne t'inquiète pas.

Liz sembla rassérénée. Une question, cependant, semblait lui brûler les lèvres. Elle ne tarda pas à la poser.

— Aimes-tu Vane, Deb ? Tu n'en as jamais rien dit.

Debra hésita un instant, mais opta finalement pour la franchise. D'un signe de tête, elle acquiesça.

— Surtout, ne lui en dis rien ! Si tu me trahissais, je serais capable de t'étrangler.

— Ne t'inquiète pas, je serai muette. Mon Dieu, quelle histoire ! Toi et moi amoureuses du même homme, et aucune de nous ne l'aura.

— Mais moi, je ne le lui ai pas montré. N'oublie jamais cela. Il n'est pas bon de trop se découvrir.

Lorsque Liz se fut endormie, Debra se glissa hors de la maison et se dirigea vers le bout du jardin, traversant la pelouse en pente qui embaumait l'herbe fraîche. Il lui fallait réfléchir au calme. Elle marcha longuement, essayant de voir clair en elle.

Quand elle revint à la villa, Vane l'attendait, ombre gigantesque et menaçante.

— J'ai à vous parler.

— Moi aussi.

Elle avait décidé de ne plus céder. Cet homme avait déjà fait assez de mal autour de lui.

Ils se rendirent au salon.

— Vous avez bavardé longtemps avec Liz.

— Oui...

Il la contempla presque sauvagement.

— Je voudrais savoir de quoi vous vous entreteniez.

Debra n'en revenait pas. Elle se rebella.

— Mais cela ne vous regarde pas ! Depuis quand suis-je obligée de faire un rapport sur mes conversations privées ? Ne pensez-vous pas que vous allez un peu loin ?

Il était tendu, dur, inquiet. Jamais Debra ne l'avait vu ainsi.

— Je suis certain que vous parliez de moi. Si c'est le cas, je désire savoir ce qui s'est dit.

— Je suis désolée, mais je ne peux rien vous dévoiler. Je vous le répéte, cela ne concernait que Liz et moi.

— Mais vous ne pouvez nier que vous ayez prononcé mon nom ?

— Peut-être. Cela a-t-il de l'importance ?

— Je le pense bien ! Cela me donnera peut-être une indication sur votre présence à Londres.

— Pourquoi ne pas me poser la question ? C'est non. Je reste avec Liz.

— Et si je vous annonçais que vous perdrez votre emploi en me résistant ?

— Cela ne changerait rien.

La voix de Debra avait pris une assurance qu'il ne soupçonnait pas. Il la regarda, surpris.

— Avant de vous connaître, poursuivit-elle, je me débrouillais déjà seule. Je continuerai.

Un lourd silence s'établit entre eux, si long que Debra faillit quitter la pièce. Finalement, Vane sortit de son mutisme.

— Debra, je vous donne une semaine pour changer d'avis. Si au bout de ce laps de temps vous refusez toujours de m'accompagner, vous serez renvoyée.

Debra se raidit. Elle n'aurait jamais cru être capable

de haine, et pourtant c'était ce qu'elle ressentait pour cet homme si cruel. Oubliés les bons moments! Elle ne pensait plus qu'à la pauvre Liz, à qui Vane avait brisé le cœur. Pourquoi ne l'avait-il pas écoutée?

— Ce sera comme vous voudrez, monsieur Olivier. Vous pouvez aussi bien me renvoyer tout de suite, parce que je ne changerai pas d'avis. Liz compte plus pour moi que toutes vos affaires réunies.

Ses yeux avaient pris la couleur de l'acier.

— J'admire votre loyauté, Miss Delaney, mais je pense que vous êtes en train de vous fourvoyer. Sans travail, comment comptez-vous faire vivre votre amie? De plus, votre maison est louée et les locataires n'en bougeront pas avant la fin du bail.

— Nous pouvons rester à Hong Kong.

— Et vivre dans un bidonville ou sur une jonque dans le port d'Aberdeen? Je ne sais même pas si vous en aurez les moyens, surtout après que j'aie déduit vos frais de logement de votre salaire.

— Que voulez-vous dire? Vous m'aviez affirmé que le logement allait avec l'emploi!

— Pour vous, peut-être, mais Liz ne travaille pas pour moi. Je n'ai jamais rien promis la concernant.

C'en était trop! Debra vit rouge, ne put se maîtriser plus longtemps. Attrapant le premier objet à sa portée, elle le lui expédia au visage. Vane se pencha, et le vase alla s'écraser sur un miroir. L'un et l'autre explosèrent en mille morceaux.

— je vous hais, Vane Olivier! Je serai trop heureuse de partir, même si c'est pour aller vivre dans un taudis. J'espère que votre collection sera un échec!

Pleurant à chaudes larmes, elle se précipita dans sa chambre. Alors, l'énormité de ce qu'elle venait de faire lui apparut.

Elle avait brisé deux objets de valeur. Insisterait-il pour qu'elle les rembourse? Combien de temps lui faudrait-il travailler avant de tout avoir payé?

Debra se jeta sur son lit et pleura à chaudes larmes. Un bruit la fit se retourner. C'était Liz. La jeune fille semblait effrayée. Sans doute avait-elle entendu le bruit de la dispute.

— Pourquoi pleures-tu ? Vous êtes-vous querellés ?

— Oui. Il va nous falloir partir, nous ne pouvons plus rester, maintenant.

Ce fut au tour de Liz de réconforter son amie.

— Qu'as-tu donc fait de si terrible ? C'était à cause de moi ?

— Non, répondit Debra en essayant de sourire. J'étais folle de rage et lui ai jeté un vase à la tête. Malheureusement je l'ai raté. J'ai cassé le joli miroir du salon. Maintenant il va me demander de le rembourser et je ne sais combien tout cela va coûter.

— Je t'aiderai. Je trouverai du travail. Ne t'inquiète pas.

— C'est un problème que je dois résoudre seule. Je vais aller le voir tout de suite, peut-être se laissera-t-il fléchir ?

— Attends plutôt demain. Laisse-lui le temps de se calmer.

Debra s'y refusa énergiquement.

— Je ne peux attendre, je n'aurais plus aucun courage. C'est maintenant ou jamais.

Résolument, elle se passa un peu d'eau sur le visage et se rendit au salon. Il n'y avait plus trace de l'incident. Tout avait été balayé, rien ne demeurait qui pût témoigner de ce qu'elle venait de faire. Le mur, à l'emplacement du miroir, était juste un peu plus clair.

Vane n'était pas là.

Debra devait le voir sur-le-champ. Plus tard, elle savait que son courage risquait de la déserter. Il devait avoir regagné sa chambre, et elle s'y rendit. Elle frappa à la porte ; n'obtenant pas de réponse, elle l'ouvrit et entra.

Cette pièce était décorée de mobilier chinois, comme

toutes les autres chambres, mais du premier coup d'œil on pouvait voir qu'elle abritait un homme. Rien n'y traînait, ni vêtements ni objets personnels, tout était net. S'il n'y avait eu ses mules de cuir au pied du lit ouvert, on aurait pu croire cette chambre inoccupée.

Vane sortit à cet instant de la salle de bains. Il était vêtu du pantalon de son pyjama et ses cheveux collaient à sa nuque. Son torse puissant et bronzé luisait doucement à la lumière de la lampe de chevet.

Debra se sentit un peu ridicule. Elle faillit sortir, s'enfuir, mais elle se força à rester.

— Monsieur Olivier, je suis venue m'excuser. Je suis désolée d'avoir brisé le vase et le miroir. Si vous me dites combien cela a coûté, je vous rembourserai jusqu'au dernier sou.

Il leva les sourcils.

— Vous rendez-vous compte du prix ?

— Je sais que cela a dû coûter fort cher, mais je paierai. Si je ne possède pas assez, je vous donnerai de l'argent chaque mois.

— Cela risque de vous demander des années, la vie entière.

— Si c'est nécessaire...

Sa détermination était telle qu'elle ne réfléchissait pas aux conséquences.

— Et bien, il va donc falloir que je vous garde. C'est le seul moyen de m'assurer que vous paierez.

— J'assurerai toutes mes responsabilités ! protesta-t-elle.

— Je n'ai pas dit le contraire.

— Mais vous préférez en être certain ?

— Ne feriez-vous pas de même ? Vous me devez une somme énorme, Miss Delaney. J'ai même l'impression que vous n'arriverez jamais à me rembourser.

Ses yeux étaient de glace, et Debra sentit son courage l'abandonner. Elle commença à penser que Liz avait eu raison : elle aurait dû attendre le matin. Demain, il serait probablement plus généreux.

Elle ne baissa pas les yeux, affrontant ce regard moqueur qui la crucifiait.

— Quoi qu'il en soit, monsieur, je m'exécuterai. Je resterai jusqu'à ce que ma dette soit éteinte. Pour commencer, je vais déménager ; l'argent que vous dépensez pour mon logement pourra ainsi vous revenir.

— Ce sera à peine suffisant pour payer ce que vous me devez pour l'entretien de Liz. Je préfère que vous restiez ici. Je vous aurai ainsi sous la main, le soir, et vous pourrez effectuer de petits travaux pour moi.

Debra oublia son humilité voulue. Elle se redressa, folle de rage.

— Vous êtes l'être le plus méprisable qui soit, monsieur Olivier ! Vous êtes un monstre !

Tout en souriant, il l'avait prise par le bras et l'entraînait vers la porte.

— Il vaut mieux que vous partiez avant de commettre d'autres dégâts. N'oubliez pas : vous n'en avez plus les moyens maintenant.

Debra ouvrit la bouche pour protester, mais il ne lui en donna pas le temps. Elle se trouva propulsée sans ménagement dans le corridor et la porte lui claqua au nez.

La jeune fille ne put s'empêcher de penser que c'était heureux pour elle. Ce qu'elle s'apprêtait à lui dire n'aurait certainement pas arrangé les choses !

Elle passa une nuit épouvantable à se demander comment elle allait se sortir de cette situation. Vane Olivier était encore plus dur qu'elle ne l'avait imaginé. Avec lui, il ne fallait s'attendre à aucune pitié, encore moins à un geste de générosité. Comment en était-elle arrivée à aimer cet homme ?

Le lendemain, à sa grande surprise, Lin Dai lui annonça que Vane avait été appelé d'urgence à Londres. Debra se sentit soulagée ; pendant quelques jours, elle n'aurait pas à l'affronter. Elle passa deux jours avec Liz, chacune essayant de rassurer l'autre. Au bout de ce temps, elles avaient presque réussi à oublier la menace qui pesait sur leurs têtes. Leur amitié redevint ce qu'elle avait toujours été. Sans Vane Olivier pour les dresser l'une contre l'autre, elles resserrèrent d'autant les liens qui les unissaient.

Lorsqu'il revint, il était d'une humeur exécrable. Il renvoya Liz dans sa chambre sans ménagement.

— Il faut que je parle à Debra. Laissez-nous.

Liz, inquiète, hésita puis sortit. Debra se demandait ce qui se passait. Plus qu'à moitié morte de peur elle souhaita que son amie fût restée. Vane avait l'air plus furieux que le jour où elle avait cassé le miroir. Sous son regard courroucé elle se sentait terriblement mal à l'aise. De quoi voulait-il donc discuter ?

— Vous souvenez-vous des ennuis que nous avons eu avec Yam Ling Kee ? demanda-t-il dès qu'ils furent seuls. Vous m'aviez bien dit que tout était arrangé ?

Debra acquiesça du chef, sûre d'elle.

— Bien sûr ! Ils se sont assez excusés. Pourquoi me questionner à ce sujet ? Ont-ils recommencé ?

Il respira profondément ; ses yeux n'étaient plus que deux fentes de braise.

— Le marché est inondé de ces modèles qu'ils avaient ratés. Ceux que nous leur avions retournés. Vous rendez-vous compte du mal que cela fera à ma réputation ? Miss Delaney, vous êtes renvoyée, à l'instant même. Oubliez vos dettes, oubliez tout, bouclez vos valises et partez sur-le-champ. Je ne veux plus jamais vous revoir !

8

Debra fixa Vane. Elle ne parvenait pas à y croire. Comment une chose pareille avait-elle pu se produire ? Le directeur de Yam Ling Kee avait été formel, il avait juré de retirer les griffes de Vanoli avant de revendre les vêtements.

— Vous devez vous tromper, lui dit-elle. Je ne peux croire que ces gens soient malhonnêtes. Je vais aller les voir et faire une enquête.

Si elle se dépêchait, elle pouvait encore arriver avant que la firme ne ferme ses portes. Vane lui jeta un regard dégoûté.

— Il n'en est pas question ! Vous ne travaillez plus pour moi. C'est moi qui vais y aller. A mon retour, je veux que vous soyez partie.

Il quitta la pièce à grandes enjambées, hors de lui, image vivante de la désapprobation.

Debra était stupéfaite. Comment pouvait-on être aussi injuste ? Elle avait accompli sa tâche correctement, l'erreur ne pouvait venir que du sous-traitant. Elle serra les lèvres et se raidit. Elle n'allait pas accepter un blâme qu'elle ne méritait pas ! Elle se précipita aux trousses de son employeur, à temps pour voir sa voiture démarrer dans un nuage de poussière.

Sans plus réfléchir, Debra sauta dans la sienne et le suivit. Elle arriva chez Yam Ling Kee quelques secondes après Vane et trouva celui-ci en train de hurler et de gesticuler devant le directeur qui ne comprenait pas un mot de ce qu'il disait.

Lorsqu'il la vit, Vane, au comble de l'emportement, lui montra le pauvre M. Ho.

— Pour l'amour de Dieu, expliquez à cet homme ce qui ne va pas·! Il me regarde comme si j'étais fou.

Debra mit rapidement M. Ho au courant. Celui-ci resta un moment sans voix puis secoua la tête.

— Nous n'avons jamais reçu ces modèles, se défendit-il enfin. Je pensais qu'ils étaient restés chez Vanoli.

Lorsque Debra eut traduit, Vane, loin de se calmer, explosa.

— Qu'est-ce que cette histoire ! J'irai jusqu'au fond des choses. Demandez-lui si je peux utiliser son téléphone.

Malheureusement, lorsqu'il eut Londres en ligne, c'était la nuit, là-bas. Il raccrocha, rageur. Il lui faudrait attendre jusqu'au lendemain.

Ils quittèrent l'usine ensemble.

— Dois-je comprendre que j'ai un sursis, jusqu'à ce que cette histoire soit éclaircie ?

Vane sembla d'abord ne pas comprendre.

— Comment ? Oh, oui, on dirait que vous n'y êtes pour rien.

Liz attendait son amie avec anxiété.

— Que se passe-t-il ? Pourquoi êtes-vous partis si vite ? Où est Vane ?

Debra soupira et tenta de s'expliquer.

— Nous avons des ennuis. Il semble que certains vêtements se soient retrouvés sur le marché avec la griffe Vanoli, mais sans être des modèles de Vane. Il est fou de rage, et je le comprends.

— Pourquoi criait-il après toi ? Qu'as-tu à voir dans cette histoire ?

— Rien, mais il pensait que c'était de ma faute.

Heureusement, je suis allée à l'usine, sinon il s'y trouverait encore, à hurler sans se faire comprendre.

Le souvenir de Vane, en train de crier au milieu de tous ces chinois qui ne savaient de quoi il parlait, la fit sourire.

— Sais-tu qu'il a commencé par me renvoyer, sans même s'assurer que j'étais fautive ? Il en était arrivé à oublier mes dettes !

— Mais il est fou !

— Enfin, c'est arrangé maintenant. Il a finalement découvert que je n'étais pas coupable. Si je ne l'avais pas suivi, nous serions à la rue. Que dirais-tu d'aller habiter dans un bidonville ?

— Cela vaudrait peut-être mieux que de vivre avec lui !

Liz était furieuse maintenant.

— Je me demande comment j'ai pu tomber amoureuse de lui. C'est un fou furieux !

La réaction de Liz fit sourire Debra. La situation avait au moins produit un bon résultat, Liz ne pensait plus à Vane, elle s'en était détachée beaucoup plus facilement que prévu.

Le matin suivant, Debra fut réveillée par la voix de Vane. Il semblait de fort méchante humeur et hurlait au téléphone. La jeune femme se leva, prête à lui offrir de l'aider, mais l'idée de l'affronter alors qu'il semblait encore plus énervé que la veille ne l'inspira guère. Elle alla se recoucher et se rendormit. Le jour n'était pas encore levé.

Plus tard, lorsqu'elle se rendit à la salle à manger, Debra trouva sur son assiette un petit mot lui indiquant que Vane partait pour Londres. Il lui expliquait que c'était là qu'il débrouillerait le mieux l'affaire.

Debra téléphona à l'aéroport et découvrit que l'avion de Londres ne partait qu'à dix heures. Sur un coup de tête, elle décida de le prendre. Curieusement, bien qu'elle ne fût pour rien dans ce terrible malentendu, elle se sentait un peu coupable. Il lui fallait aider Vane à résoudre ce problème.

Elle ne pensa pas un instant que Vane refuserait sa collaboration et, sans perdre de temps, elle commença à empiler quelques affaires dans une valise. Comme Liz dormait, elle laissa une courte missive à Lin Daï.

… C'était la première fois que Debra roulait si vite à Hong Kong. La circulation était démentielle, et elle ne cessa, durant tout le trajet, de klaxonner. Le vol pour Londres allait partir lorsqu'elle monta dans l'avion. Il était temps !

Vane n'eut pas l'air très heureux de la voir.

— Que faites-vous là ? lui demanda-t-il en la voyant s'installer à côté de lui.

— Je veux vous aider.

— J'ai déjà eu de vous toute l'aide que je désirais, grommela-t-il.

Il ne lui adressa plus la parole de tout le voyage. Seize heures !

Debra avait beau se dire que cela lui était égal, plus le temps passait et plus elle se sentait nerveuse. Lorsqu'ils atterrirent à Londres, elle était au bord de la dépression.

Bien qu'il continuât de l'ignorer superbement, elle le suivit partout, à la douane, aux bagages, même dans le taxi qu'il héla. Elle était si furieuse, et cela devait tant se voir, que Vane n'osa rien dire. Il se contenta de lui jeter un regard en coin et s'enfonça dans le siège.

Debra avait pensé qu'il la déposerait à un hôtel, mais il n'en fit rien. Le taxi s'arrêta devant un imposant immeuble résidentiel.

— C'est là que vous habitez ? demanda-t-elle.

— Puisque vous persistez à me suivre, autant vous installer ici.

Debra sentit son courage l'abandonner, mais elle réagit aussitôt. Si elle s'en allait, elle ne saurait rien de ce qui allait se passer. Il fallait qu'elle reste. Elle lui adressa un sourire un peu tremblant.

— Cela me va, dit-elle.

L'appartement était aussi luxueux que la villa. Le moderne et l'ancien s'y mariaient admirablement. La première chose que fit Vane fut de se verser un grand verre de whisky.

— Si vous voulez boire ou manger, servez-vous. La cuisine est par là et vous pouvez vous installer dans cette chambre.

Il lui indiqua une porte qui donnait à côté de celle qu'il venait d'ouvrir.

— Je vais dormir un peu, ajouta-t-il.

Debra alla se préparer une tasse de chocolat. Il était à peine neuf heures du soir et elle ne se sentait pas fatiguée, mais étant seule, sans personne à qui parler, elle ne tarda pas à aller se coucher.

Elle dormit mal. La présence de Vane, si près d'elle, la bouleversait. Bien qu'il semblât la détester plus que jamais, elle ne pouvait s'empêcher de l'aimer.

Le lendemain matin, lorsqu'elle se leva, Vane était déjà parti. Debra pensa qu'il devait être allé au bureau. Sans même prendre le temps d'avaler un café, elle sauta dans un autobus et s'y rendit.

Là, personne n'avait vu Vane, tous ignoraient où il pouvait être. Il était passé très tôt, avant l'ouverture des bureaux, et était reparti aussitôt en pestant. Ce trait de mauvaise humeur qui semblait surprendre ses collaborateurs, ceux qui l'avaient entr'aperçu en tous les cas, n'étonna pas Debra. Depuis qu'elle connaissait Vane, il ne s'était pas passé un jour sans qu'il se mette en colère.

Elle se rendit au service des expéditions de la firme et demanda au responsable s'il se souvenait de l'envoi, s'il en avait gardé trace.

Le chef de service la regarda d'un air désespéré.

— M. Oliver a bien dû me poser la même question cent fois. Qu'y a-t-il ? Il ne me croit pas ?

— Ce n'est pas ça, monsieur Brown. Si je vous ennuie avec mes questions, c'est que je cherche dans une toute autre direction que M. Oliver.

Le pauvre M. Brown ne savait plus à quel saint se vouer. Il secoua la tête ; il semblait douter de la raison de Debra et de celle de son patron.

— Le colis est parti pour l'aéroport, c'est tout ce que je sais.

— Avez-vous une copie des papiers ?

L'homme alla les chercher en grommelant et les lui tendit d'un air excédé. Debra le remercia chaudement et sauta dans un taxi pour se faire conduire au service de transit de la douane.

Là, elle ne trouva rien. Vane était passé avant elle et avait remué ciel et terre sans succès. Il n'y avait aucune trace de l'expédition. On le confirma à Debra. La jeune femme, fort déçue, s'assit sur les marches pour réfléchir. Elle n'avait jamais encore joué au détective, mais, en restant logique, elle trouverait sûrement un indice. Au bout d'un moment de réflexion, une idée lui vint soudain. Le livreur ! Comment n'y avait-elle pas pensé plus tôt ? La marchandise ne pouvait avoir disparu qu'entre Vanoli et l'aéroport.

Si l'homme n'était pas trop honnête et qu'en discutant avec les employés de Vanoli il avait appris qu'il transportait des vêtements coûteux, peut-être avait-il décidé de les détourner. Ce n'était, bien sûr, qu'une hypothèse, mais elle valait la peine d'être approfondie.

Il était midi passé, et Debra mourait de faim. Elle alla se restaurer à la cafétéria de la douane et examina le bordereau que lui avait remis M. Brown. La signature du livreur était pratiquement indéchiffrable. Pourtant, en l'étudiant de près, Debra en vint à la conclusion que l'homme s'appelait Hampshire.

Aussitôt son café avalé, la jeune fille se rendit aux quais de déchargement et commença son enquête. Il ne lui fallut pas longtemps pour apprendre qu'il existait bien un chauffeur de ce nom. Malheureusement, il avait quitté son emploi, et personne ne savait où il se trouvait.

Debra insista.

— Quelqu'un aurait-il son adresse ?

Les chauffeurs sourirent entre eux.

— C'est un de vos amis ? demanda l'un des hommes.

— Non. Il a assuré le transport d'un colis qui n'est jamais arrivé. Je cherche à retrouver ma marchandise.

Le livreur fit la grimace.

— Vous êtes de la police ?

Cette idée fit rire Debra.

— En ai-je l'air ?

L'homme se mit à rire à son tour.

— Non , vous êtes trop petite. Laissez-moi vous donner un bon conseil, Miss. Si j'étais vous, je ne chercherais pas à retrouver Hampshire.

— Voulez-vous me faire comprendre que cet homme a déjà eu des démêlés avec la police ?

Le chauffeur cessa de sourire.

— Je n'ai rien dit de la sorte, Miss. Maintenant, si vous voulez bien m'excuser, j'ai du travail.

En un instant, tous ces hommes qui lui souriaient quelques minutes plus tôt se dispersèrent, et elle se retrouva seule. En regagnant la station de taxis, Debra se dit qu'elle ne devait pas être loin de la vérité.

Que faire ? Aller trouver la police ? Non, il valait mieux en parler à Vane d'abord. Elle opta pour regagner l'appartement.

Vane rentra fort tard, et cela mit Debra en rage. A peine eut-il ouvert la porte qu'elle se précipita.

— Pourquoi ne m'avez-vous pas attendue, ce matin ?

— Parce que je pensais m'en sortir mieux sans vous.

— Merci, répondit-elle, pincée.

— Vous pensez vraiment qu'une petite personne comme vous aurait pu réussir là où j'ai échoué ?

— Qu'est-ce que la taille a à voir là-dedans ? En fait, j'ai découvert quelque chose qui pourrait vous intéresser. A supposer que les révélations d'une petite personne soient d'un quelconque intérêt pour vous. Où en êtes-vous ? Avez-vous un indice ?

— Rien.. Les colis ont disparu entre l'atelier et l'aéroport, c'est tout ce que je sais. Partout je me suis heurté à un mur. Même ceux qui vendent les vêtements ne peuvent me dire à qui ils les ont achetés. Forcément, avec ma griffe dessus, ils ne se sont pas méfiés.

Il ne semblait pas avoir très bien compris ce qu'elle lui avait dit, aussi prit-elle un ton triomphant pour lui annoncer :

— Je sais qui a fait le coup.

— Quoi ?

Il l'avait prise aux épaules et la secouait.

— Vous le savez et vous ne dites rien ! Parlez, Bon Dieu !

Debra se dégagea calmement.

— C'est un homme appelé Hampshire.

Vane la regarda comme si elle était devenue folle.

— Où vit-il ? Comment le savez-vous ? Pourquoi ne pas me l'avoir dit tout de suite ?

— Vous ne m'en avez pas laissé le temps.

Vane arpentait maintenant la pièce en l'observant du coin de l'œil, soupçonneux.

— C'est le livreur qui a transporté la marchandise, lui précisa Debra.

— C'est impossible ! Je suis allé moi-même à l'aéroport, il n'y a aucune trace des colis.

— Je sais. Mais moi, au lieu de m'énerver et de hurler, j'ai fait marcher mon cerveau, et je suis allée discuter avec les autres livreurs. Hampshire a quitté son travail et il semble qu'il ait déjà eu maille à partir avec la police. Ses collègues m'ont conseillé de ne pas chercher trop loin.

Vane semblait avoir du mal à la croire.

— Où habite-t-il ?

— Voilà l'ennui, personne ne semble le savoir. Du

moins, personne ne veut parler. Je pense que nous devrions aller voir la police.

— Et comment ! Je vais leur téléphoner immédiatement. Mieux, j'y vais de ce pas.

— Je vous accompagne.

— Non, vous êtes fatiguée. Attendez-moi ici, je ne serai pas long.

Il était sorti avant qu'elle ne puisse insister. Elle se laissa tomber dans un fauteuil, épuisée. Vane, pour une fois, avait raison, Debra était morte de fatigue.

Lorsqu'elle se réveilla, il faisait jour et elle était dans son lit, nue ! Ne voyant pas ses vêtements, elle s'enroula dans un drap pour partir à leur recherche et à celle de Vane.

Elle le trouva dans la cuisine, une tasse de café à la main, calme, détendu. Lorsqu'elle lui parla, ce fut sans oser le regarder.

— Il n'était vraiment pas nécessaire de me déshabiller. Vous auriez pu me réveiller.

Il lui sourit d'une façon qu'elle trouva insupportable.

— Ce fut un plaisir, dit-il moqueur. Vous dormiez si bien que je n'ai pas osé vous secouer.

Devant son regard furibond, il éclata de rire.

— Ne faites pas cette tête-là, je me suis conduit en hôte attentionné, rien de plus. Je dois dire que j'y ai pris un grand plaisir, vous êtes très belle, Debra.

— Mon Dieu, pourquoi suis-je venue ? Où sont mes vêtements ?

Il ne répondit pas à cette question immédiatement.

— Heureusement que vous étiez là. Sans vous je me demande comment je me serais débrouillé. Ne voulez-vous pas savoir ce qui s'est passé ?

— Je désire m'habiller d'abord !

— Tenez, prenez une tasse de café.

— Je veux mes affaires !

— Comme il vous plaira ! Elles sont dans la salle de bains.

Debra lui jeta un regard furieux et tendit la main vers le bouton de la porte en oubliant de tenir le drap qui glissa sur le côté. Epouvantée, elle s'enfuit en courant, poursuivie par le rire de Vane.

Lorsqu'elle revint dans la cuisine, douchée et convenablement vêtue, Vane lui offrit une tasse. Pour se donner une contenance, Debra le questionna aussitôt.

— Que s'est-il passé au poste de police ?

— Ils s'en occupent. Ils connaissent notre homme. Ce n'est pas son coup d'essai. L'ennui, c'est que même s'ils l'attrapent cela n'arrangera pas mes affaires. C'est trop tard maintenant.

— Nous pourrions faire le tour des magasins et demander aux gens de retirer les griffes.

Vane leva les yeux au ciel.

— C'est une bonne idée, mais difficile à réaliser. Nous ne savons rien de ces boutiques, et puis on a dû en vendre en province.

Debra approuva gravement.

— C'est peut-être moins grave que vous ne pensez, Vane. Nous savons que ce ne sont pas vos vêtements, mais les acheteurs n'en savent rien. Si ça se vend, c'est que ce n'est pas si mauvais...

Il eut un grognement dégoûté.

— S'ils étaient intelligents, s'ils avaient le moindre goût, ils s'en apercevraient immédiatement. Je vais faire passer une annonce dans la presse, mais je doute que cela m'aide beaucoup.

En parlant de la sorte, il s'était échauffé. Il avala son café d'un trait et posa sa tasse brutalement sur la table.

— Bon, ce n'est pas tout, il faut que je vous retienne une place sur le prochain vol pour Hong Kong. Maintenant que cette affaire est résolue, je n'ai plus besoin de vous ici. Votre travail vous attend.

Debra sentit son cœur se glacer. Un instant, elle avait oublié sa situation, tout l'argent qu'elle lui devait. Elle termina son café et se leva.

150

— Je suis heureuse d'avoir pu vous aider, lui dit-elle. Je vais préparer ma valise.

Le voyage du retour lui sembla si court, qu'en atterrissant elle eut l'impression de n'avoir jamais quitté la colonie. Arrivée à la villa, elle trouva une mauvaise surprise. Liz, fatiguée d'attendre des nouvelles qui ne venaient pas, était partie le jour même pour Londres. Elles avaient dû se croiser dans les nuages.

Une panique insensée s'empara de la jeune fille. C'était la première fois que Liz voyageait seule. Elle se précipita sur le téléphone et appela Vane.

— Liz est en route pour Londres, lui annonça-t-elle. Il faut que vous fassiez quelque chose, elle ne sait même pas où aller en arrivant. Son vol doit atterrir d'un instant à l'autre.

Elle l'entendit soupirer à l'autre bout de la ligne, puis murmurer quelque chose qui ressemblait beaucoup à un juron.

— Ah, les femmes ! continua-t-il. Je m'en occupe. Si ce n'est pas trop tard, je vais aller la chercher.

Il avait raccroché avant qu'elle ne puisse le remercier.

Debra passa une journée épouvantable. Elle était morte de fatigue mais n'osa s'allonger de peur qu'on ne l'appelle de Londres. La communication tant attendue arriva vers minuit. C'était Liz.

— Deb ! Comment te sens-tu ? Je suis désolée de t'avoir fait peur. Je vais très bien, je suis chez Vane.

Debra se sentit soulagée d'un grand poids.

— Voyons, Liz, pourquoi ne pas m'avoir attendue ? Je me suis tellement inquiétée !

— Et moi ? Je n'avais pas de nouvelles, je ne savais pas où tu étais. Je n'ai plus pu attendre. Je ne pensais pas que tu rentrerais si vite, alors je suis partie.

Debra s'aperçut soudain que, pendant son si court séjour à Londres, elle n'avait pas pensé un seul instant à son amie.

— C'est ma faute, dit-elle. J'aurais dû te téléphoner. Les choses sont allées vite, je n'y ai même pas songé. Que décides-tu, maintenant ? Tu reviens ?

Il y eut un long silence sur la ligne.

— Je reste avec Vane. Nous sommes bons amis, à présent.

Debra ne parvint pas à obtenir de plus amples explications. Elle dut s'en contenter.

A quelques jours de là, Lin Dai vint trouver Debra. Elle était au comble de l'excitation.

— Samedi c'est le Cheung Yung festival ! Savez-vous si M. Oliver sera là ? D'habitude il nous permet de nous servir de la cour et du jardin pour organiser la fête.

— Cheung Yung ? N'est-ce pas cette fête où tout le monde va sur les collines pour lancer des cerfs-volants ?

La gouvernante approuva avec enthousiasme.

— Il y aura beaucoup de monde sur le Peak, ce sera magnifique ! J'aimerais tant que M. Oliver soit de retour.

— Je suis certaine que, n'étant pas là, il ne verra aucun inconvénient à ce que vous utilisiez le jardin, comme les autres années. J'en prends la responsabilité.

Debra se rappelait vaguement de ce festival, elle y avait assisté dans son enfance. Ayant toujours lieu le neuvième jour du neuvième mois, il était appelé le Double Neuf. Il se tenait en l'honneur d'une famille qui, écoutant les conseils d'un moine, avait gravi la colline pour éviter un désastre. A leur retour, ils n'avaient rien retrouvé de leur maison ni du bétail.

Des milliers de gens gravissaient le Peak et les collines environnantes ; ils passaient la journée à pique-niquer et à faire voler de grands oiseaux de papier. La jeune fille soupira. Elle aurait tellement voulu que Vane soit là pour partager sa joie.

Le vendredi, elle reçut un coup de fil de Liz. Celle-ci était excitée au plus haut point.

— Devine, Deb. J'ai rencontré un garçon formidable ! Il veut devenir docteur, comme moi. Nous irons dans la même école. Je crois que je suis amoureuse pour de vrai. C'est beaucoup mieux que ce que je ressentais pour Vane.

Debra sourit. Liz ne changerait jamais !

— Je suis très contente pour toi, lui dit-elle. Tu ne rentres donc pas ?

— Oh, non ! Je vais habiter chez Vane. Il m'a dit que je pouvais y vivre aussi longtemps que je le voulais. Tu ne trouves pas cela gentil ?

L'idée de se retrouver seule à Hong Kong, sans Liz mais avec Vane, qui allait l'exploiter jusqu'à ce qu'elle rembourse les antiquités qu'elle avait cassées, ne disait rien à Debra. Elle n'en parla pourtant pas à son amie, ne désirant pas gâcher son plaisir. Après quelques mots, elle raccrocha. Qu'allait-elle devenir ?

Le lendemain matin, une foule de gens commencèrent à installer des décors dans les jardins. Toutes sortes de gens, des jeunes, des vieux, tous plus joyeux les uns que les autres.

Debra, par le funiculaire, se rendit sur le Peak pour y assister à une bataille de cerfs-volants. C'étaient deux énormes dragons de papier et de bambou. Le jeu consistait à les obliger à se rencontrer, jusqu'à ce que l'un d'eux réussisse à rompre le fil qui retenait l'autre, ou à le faire tomber.

Assise dans l'herbe au milieu de la foule, anonyme, Debra passa ainsi sa journée. Vers le soir, la multitude s'en fut et elle se retrouva bientôt seule.

A la nuit, une silhouette émergea de la pénombre et vint s'asseoir près d'elle. Sans même se retourner, Debra sut qui c'était.

— Liz ne m'avait pas dit que vous reveniez, dit-elle à Vane.

— Je voulais vous faire la surprise.

— J'ai donné la permission à Lin Dai d'inviter ses amis dans votre jardin.

Vane ne fit aucun commentaires à ce sujet.

— Que pensez-vous de ce qui arrive à Liz ?

— Je suis très heureuse pour elle. J'espère que ça durera. Elle est encore bien jeune, si changeante. A un moment, j'ai cru...

— Qu'avez-vous cru ?

— Que Liz et vous vous aimiez.

Vane se mit à rire.

— C'est Liz qui l'a imaginé. Moi, je la trouvais amusante. Enfin, tout ça est fini, nous sommes de grands amis maintenant. Elle s'est complètement remise de la mort de ses parents, et c'est un peu grâce à moi.

— C'est exact, je vous en remercie. Mais fallait-il que pour ça vous dormiez avec elle ?

— Il ne s'est rien passé, nous parlions de vous.

— De moi ?

— Oui. J'essayais de faire avouer à Liz pourquoi vous me repoussiez sans cesse.

— Et qu'a-t-elle répondu ?

— Rien ; elle devait être jalouse. Et si vous m'expliquiez vous-même ?

— Je n'aime pas mélanger les affaires et le plaisir.

— Même lorsque vous aimez votre patron ?

Debra se sentit rougir jusqu'à la racine des cheveux.

— C'est Liz qui m'a trahi ! Comment avez-vous réussi à la faire parler ?

Vane sourit dans l'obscurité.

— Elle m'a dévoilé son secret, votre secret, de son plein gré. Je lui avais rendu un service, elle a voulu me payer de retour.

Debra serra les dents. Liz ne perdait rien pour attendre, la petite peste !

— Vous ne semblez pas contente, dit Vane. Il ne faut pas la blâmer. Sans elle, je n'en aurais jamais rien appris.

— Quelle différence pour vous ? Dorénavant, vous saurez à quel point il me sera difficile de travailler pour vous, c'est tout. Vous allez me briser un peu plus.

— Jamais de la vie, je vous aime trop pour ça.

D'abord, Debra crut avoir mal entendu, mais lorsqu'elle s'aperçut qu'elle avait bien compris, elle sentit une grande joie l'envahir.

— C'est vrai, insista Vane. Je vous aime depuis longtemps. C'est vous qui étiez en train de me briser.

— Pourquoi ne rien m'avoir dit ?

— Je pourrais vous poser la même question, murmura-t-il avant de l'embrasser.

— Est-ce la raison pour laquelle vous vouliez que je paie ma dette ?

— Je n'avais pas trouvé d'autre moyen de vous garder auprès de moi. Ce n'était pas très élégant, mais sur le moment c'est la seule solution qui se présentait à moi.

— Pourquoi, alors, m'avoir renvoyée ?

— Parce que j'ai un caractère épouvantable, et que je suis fier de mon travail. C'est lorsque vous m'avez suivi que j'ai commencé à reprendre courage.

Comme ces mots étaient bons à entendre !

— Quand avez-vous découvert que vous m'aimiez ? osa-t-elle demander.

— Le jour où vous êtes entrée dans mon bureau pour la première fois ! J'ai alors décidé de vous amener ici. Pour vous avoir à moi tout seul. L'arrivée de Liz dans cette histoire a tout compliqué. Je désirais follement vous demander en mariage, mais Liz est intervenue, et cela a tout gâché.

— Et moi qui croyais que vous vouliez l'épouser…

Vane l'embrassa une autre fois, longuement, comme pour se faire pardonner tous ces malentendus.

Les étoiles pâlissaient lorsqu'ils revinrent à eux, étroitement enlacés. Ils descendirent de la colline vers un avenir merveilleux.

LES POISSONS

(19 février-20 mars)

Signe d'Eau dominé par Neptune : Chance.

Pierre : Aigue marine.
Métal : Cobalt.
Mot clé : Bonté.

Caractéristique : Dévouement.

Qualités : Générosité, gentillesse, don de deviner les secrets d'autrui, les petites choses que l'on n'aime dévoiler...

Il lui dira : « Vous et moi, pour toujours. »

LES POISSONS

(19 février-20 mars)

De tous les signes, le plus dévoué est sans doute celui des Poissons. Ses natives sont capables des plus grands sacrifices quand il s'agit d'aider une personne qui leur est chère. Debra est même prête à renoncer à celui qu'elle aime pour son amie Liz...

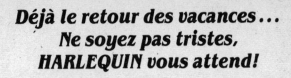

**Déjà le retour des vacances...
Ne soyez pas tristes,
HARLEQUIN vous attend!**

**Prolongez un peu
votre été... la chaleur
réconfortante
de l'amour,
les couleurs
chatoyantes du rêve,
le rythme ennivrant
de l'aventure!**

**En lisant HARLEQUIN,
vous retrouverez soleil,
optimisme, bonheur.**

*HARLEQUIN, c'est comme un bel été
qui ne finit jamais!*

HF-SUM-B

Collection Harlequin

Recevez chez vous 6 nouveaux livres chaque mois – et les 4 premiers sont gratuits!

En vous abonnant à la Collection Harlequin, vous êtes assurée de ne manquer aucun nouveau titre! Les 4 premiers sont gratuits – et nous vous enverrons, chaque mois suivant, six nouveaux romans d'amour.

Mais vous ne vous engagez à rien: vous pouvez annuler votre abonnement à tout moment, quel que soit le nombre de volumes que vous aurez achetés. Et, même si vous n'en achetez pas un seul, vous pourrez conserver vos 4 livres gratuits!